U0055038

JENNIFER AND HER

表姊的佛牌店

THAI BUDDHA AMULETS

瑪西——著

目次

第一章　表姊的佛牌店

第二章　親親寶貝

第三章　囚鳥

第四章　舌粲蓮花

第一章

表姊的佛牌店

1. 古厝

我的表姊還不叫珍妮佛，還不是台灣佛牌界獨霸的靈媒時，叫曾妮方。

很難理解自幼乖巧溫順，喜讀科學理論，行事講求邏輯，對四次元空間感應如麻瓜的她，某天搖身一變成為通靈大師。照她說法叫因果、叫緣分、叫還債。我對因果的理解不多，只知道跟舅媽、前男友有關，雖然現在全死無對證。

即便表姊現在全身掛滿佛牌，一堆古曼麗、古曼童喊她媽媽，身旁圍繞著阿贊、龍婆、法師，我還是很難將車禍前、後的她做聯想；一場車禍醒來後性情迴變，倏然地精通泰文，一年半載跑到泰國靈修，最可懼的是莫過於那雙冷冽的眼神，有時看得我全身顫慄。

世上所有人都可能因為機緣變成法師、師公、師婆、師兄、師姊什麼的，可是表姊是最不可能的那一位，她沒有天份，這件事我深信不疑。

舉個例子，小時候逢年過節回雲林北港的阿嬤家時，因為我們家族龐大，表姊弟妹們加總超過二十幾個人，連名字偶爾都會喊錯，這麼多小孩聚在一起難免吵鬧，所以夜晚大人們總不願跟小孩一起睡，便將小孩趕到距離四合院有五分鐘腳程的古厝住，而大人們則睡在四合院內，安然一夜好眠。

追溯古厝的歷史，是清朝時期從泉州惠安來的祖先們的落腳處，歷經幾番修建，早破舊得無法住人，只剩祭拜公媽的功能。古厝大門進來即是客廳，擺放祖先牌位，後方有兩間廂房，已全改為大通鋪木板床。通常一個月整理一次，平日陰森森，鮮少有人踏入。照顧阿嬤的菲律賓移工Rosel每經過古厝門口時總喊著「塔滾塔滾」，是菲律賓方言塔加洛語（Tagalog）害怕的意思。

小孩子是不怕的，特別是十幾個孩子窩成一團，總要做些叛逆刺激之事，夜晚輪流說鬼故事，或瞎掰胡謅電視電影裡看到的片段。然而表姊從不跟我們同掛，她大我兩歲，卻早像個小大人，個性老成，不吵不鬧，撿個角落開著小燈看書，固定時間睡覺，功課向來好，是伯伯嬸嬸心中的完美小孩，讓身為表弟的我有些妒忌。

我清楚記得那年是國小三年級的清明節，照慣例跟大人返鄉掃墓，五個人睡一間房，躺在大通鋪上的我們輪流說鬼故事，而表姊總愛選靠窗的位置，比較通風。她早早入睡，對我們刺激的話題毫不感興趣，我則和其他表哥表姊妹們聊著聊著，漸入夢鄉。

夜裡微涼，我打了個冷顫，蓋著的被子不知被誰拉住，我不耐煩地奮力一扯，對方反而拉得更緊，正當我想看是哪個沒公德心的人搶我被子而睜開眼時，看見身旁一臉慘白的表哥，他的皮膚濕冷且顫抖著。

他咬著牙，眼睛睜得大大地，臉部表情扭曲，身體肌肉僵硬，牙關咬得喀喀作響，我還來不及責怪他搶被子，便順著他的眼神向外一瞧。

窗戶有人。

或者說有「人」？有個清晰的人形立在窗戶外，瞪著窗下已入睡的表姊。

我不敢放聲大叫，雖然一向以說鬼故事驚嚇女同學為樂，但在此之前我真沒見過半隻鬼，深怕發出聲響引起祂的注意。而窗外那人形我也不知道能不能稱呼祂為鬼，因為祂實在太具體了，有臉有頭有頭髮，實體人形，清清楚楚，跟鬼故事、靈異照片裡的模糊影像全然不同。

表哥一動也不動，亦不敢張揚，眼珠飄來飄去，像暗示些什麼。

我眼見祂上半身慢慢伏向表姊，動作極不自然，那姿勢跟周星馳《月光寶盒》中的山妖吸精一樣，宛如故障的齒輪卡住般不協調。

時間彷彿靜止，鄉間樹葉被風擾亂的沙沙聲響，空氣裡揉雜泥土、霉味和一股濃烈腥臭。

正當我天人交戰，擔憂表姊會不會成為電影中那些被吸盡陽氣死掉之人時，也許因為祂頭皮殘留幾根未脫落的頭髮拂面，表姊居然打了一個好大的噴嚏。

平時文靜秀氣的她，正對祂的臉噴發大量的口沫，繼而像無事般，表姊翻個身沉沉睡去，發出規律的打鼾聲。

倒是身旁的表哥沉不注氣，噗嗤一笑。那一笑，簡直快笑去我的命。

祂注意到我們了，轉頭打量我們，我來不及逃避，直直對上祂的視線。

那張臉毫無血色，彷彿蠟燭白，幾塊紫斑更顯可怖，眼皮浮腫，一隻眼不知去向，頭皮脫落。祂疑似想做些表情，嘴巴開合似乎要說什麼，可只傳出幾聲呵呵的氣音，加深空氣中的腥臭味。

接下來祂伸出手撐向窗台，長長的指甲摩擦牆壁發出瑟瑟的刺耳聲響，我慌張了，祂竟然想要爬進來。

我扯開喉嚨，想要喊醒所有人，卻怎樣也發不出聲。

眼看祂就要爬進來，一隻腳都跨過窗台，這時候表姊突然坐起身，伸了個大大的懶腰，兩手大力向空中劃開，正巧將祂上半身向外一推。

似是一場夢遊，表姊再度躺下。

我想起身大喊，但身體彷彿被釘住，喉嚨有魚刺鯁住，身旁的表哥也是，我們的嘴如金魚開開合合，卻發不出半點聲響。

過不久祂又再度出現在窗戶旁，臉皮被表姊剛一推居然脫落了一大塊，但從殘餘扭曲的肌肉看得出祂極為憤怒；眼睛凸出，嘴巴張大，一隻手欲往表姊臉上抓去。

忽然沉穩渾厚的老聲從客廳響起，喝斥著「麥來亂啦」，接著一道白光急速地從我眼前晃去擊中祂。

從巨大的撞擊聲響可想像衝擊力之大，祂跌落地面後夜晚再度恢復安寧，只剩鳥叫蟲鳴。

「啊！啊！那是什麼東西！」表哥率先恢復聲音和活動。他從床上彈起，驚動我們所有人。

我們所有人都被嚇醒了，只剩神經超大條的表姊依舊呼呼大睡。

我們搖醒了她，「你差點死掉你知不知道？」「黑山老妖來吃你了！」「祂快爬進來了！」我們你一句我一言甚至演起話劇重現適才的驚悚片段，但她卻絲毫不為所動，睡眼惺忪揉揉眼，全當我們惡作劇，還回一句：「無聊！」又轉身睡去。

我們不管三七二十一，架著她跑回四合院，拍打大門跟大人們哭訴。

大人們本來不信，但國小五年級的表哥都嚇到尿褲子了，增加不少可信度，隔日一早村長便領著村民上山搜尋。

事後我聽說他們在一間廢棄的工寮裡發現一具屍體，身分不明，但已死亡近兩星期。

如果已經死亡兩星期，那又怎能活動呢？那晚客廳傳來的老者聲音和擊退祂的白光是我的祖先們嗎？我不得而知。

我唯一能確定是曾妮方是個大痲瓜，差點被吸盡陽氣，事後還笑我們愛幻想。

這樣遲鈍的曾妮方，後來怎會成為珍妮佛呢？

2. 表姊的男朋友

如果童年的事跡還不足以說明表姊的獨特之處，那我們可以談談學生時期的她。

在死屍事件後我們各自平安成長，表姊一直是人生勝利組，認真乖巧，大學就讀第一學府，還是科技島上具前瞻性的資工系。反之，我直至重考一年後才考進表姊的學校，我們才開始有了更深的交集。

我還記得我媽高興得放鞭炮，特聘總鋪師在家門口辦五桌，面子做足做滿，但每當鄰人問起我科系，她總呵呵笑兩聲，笑而不答。

哲學系其實也沒有不好，只是未來要做什麼，媽跟我都不知道。

開學後我巴望著學霸表姊來罩我，她也真介紹幾個女同學給我，全無疾而終，我也認了我天生適合當魯蛇，不以為意。反觀外貌秀淨的表姊追求者眾，自然眼高於頂，不過在得知她的男友是醫學院赫赫有名的許威啟時，我還真難以置信。

許威啟我不蓋你，他生來就是要激起你的自卑情結，讓你自覺失敗慚愧，甚至埋怨老天不公平，光站出來那氣勢、儀表就足以讓身旁的人自嘆弗如，更別提他的家世背景，醫學中心院長的獨子。

我初次見到許威啟，是我媽交待要拿剛採收的新鮮蓮霧給表姊，我們相約在公館附近的咖啡廳。一進門就看見表姊身著白色洋裝，身旁則是傳說中的天菜許威啟。

他斯文戴著眼鏡，有別於慘綠學子因求學高壓力滋生的青春痘，皮膚白淨光滑如蛋殼，比SK II廣告裡的明星還無瑕完美，五官立體，鼻樑高挺，穿著白襯衫，外罩一件Ralph Lauren的羊毛背心，人生勝利組組長。我的表姊也不差，但依社會條件來說確實有些高攀。

許威啟大方地伸出手，燦笑露出一口排列整齊的白牙，「嗨，我是威啟，妮方的男友。我聽過她提起你好幾次，都自己人，別客氣。」

我們握手後坐了下來。許威啟不愧是受過良好家庭教育的人，完全沒有富家子弟的驕氣，親切有禮，是個討喜的人，很快地我們就熱絡起來。

這樣的他，不禁讓我直接問道：「你怎麼會跟我表姊在一起？」

「李敬哲，你很沒禮貌！」表姊嬌嗔道，要不是許威啟在場，可能表姊弟要吵一架了吧！

許威啟笑了笑，「她是我的命定之人。」手輕撫表姊的頭髮，眼裡藏不住寵溺。

天啊！我雞皮疙瘩就快掉滿地，他倆怎敢直接在我面前曬恩愛，也不顧忌我母胎單身的身分，這些話同時讓我心中的警鈴大響，表姊或許也像古早八點檔中的女主角一樣，事業、課業上精明，在感情上卻是個傻大姊，何況這麼油腔滑調的男人應該要防備，為此，我決定好好找出許威啟的祕密。

憑藉著對表姊的關懷和哲學系對人的好奇心，我開始偷偷拜訪他的前女友們。

第一個是中文系的林敏芝，是許威啟入醫學院的第一個女朋友，曾被封為系花，擔任過平面雜誌的模特兒，在她還沒破相之前。

依系上學姊的說法，她課業壓力太大有自殘傾向。

林敏芝在華強補習班教授作文，故我藉由補習班工讀的機會接近她。雖說她是作文老師，但仍須處理一堆繁雜的文書工作，而我總適時伸出援手，搬東西改作業聯絡家長買便當接送，搞得補習班每個人都以為我在追求她。

某天傍晚突然下起一場大雨，雷電交加，明明早上豔陽如炙，萬里無雲，天氣說變臉就變臉，雷神沒先打照面。我沒帶雨衣，她沒帶傘，補習班多餘的傘都優先給學子們借用，我和她只得坐在櫃檯等雨停。

送完了所有學生，熄了燈的補習班一片死寂，只剩狂風敲打鐵捲門的匡噹匡噹聲響。

我先沖杯咖啡遞給她，緩緩坐在她身旁。

一個月過去我們已建立基本友誼的信任關係，她很自然可以跟我侃侃而談生活上的瑣事，嘰哩呱啦說著女孩們的八卦。

我見機不可失，像隨口閒聊般說：「現在女孩子應該都很喜歡醫學院許威啟那種王子型吧……」

我話還沒說完，她臉色大變，聽見許威啟三個字驚恐地好像看見蟑螂。

「不要提到他名字。」她別過臉。

「我只是隨口問問，我表姊最近跟他走得很近。」

她忽然轉過頭，嚴肅地抓著我的手，放慢語調說：「聽我說，勸你表姊快離開他。」

「他不是好人嗎？」

「不是，威啟人很好，只是……」遲疑片刻，她拿起櫃台上的衛生紙，輕輕拭去左臉的粉底，「我不知道你會不會信，但他們都說我瘋了。」

那張秀氣的瓜子臉，有一條銀白色的傷疤從左額頭延展到太陽穴，約十公分長。

「這疤，是他們家用的。」

「蛤？」我不解，許家毀她容不合邏輯。

然而就在那個雷雨交織的夜晚，她告訴我一個祕密，關於內湖許家。

許威啟的父親是醫學中心院長，祖上是新竹地方望族，他的母親經營連鎖餐廳也是有聲有色，但多數人不知道，在他的母親之前，許威啟的父親是有過一任妻子的，後來據說因病去世。這件事也是在她三年前第一次去許威啟家才發現的。

許家位於內湖的白色獨棟別墅美輪美奐，隸屬皇陛社區最內側，住戶全是政商名門，光大門的保全警衛起碼三位，車庫停靠的全是一排排的進口名車。

許家別墅高三層樓，一、二樓共六間房間，另設撞球間、健身房、遊戲間、書房、家庭劇院和會議間，儼然渡假飯店規格。除許家別墅奢華的裝潢令她咋舌外，空氣裡飄散的那股異香也像是個謎，似檀木又似香灰。交往不久後，許威啟耐不住她的央求，帶她逐一參觀房間，除了三樓。照許威啟說法，三樓是拜祖先的地方，不方便，因此她只瞧見通向三樓的樓梯間牆面上一幅幅的女人畫像。

話是那麼說，她在別墅過夜的第一晚便不安寧，像是先兆、預警。她感嘆說，要是早點收手，後來也不會被毀容。

那晚她睡得極不安穩，明明開了除濕機和空氣清淨機，卻一直覺得皮膚有種揮之不去的潮濕黏膩感。

她小心翼翼翻了身，卻隱約聽見木頭撞擊聲。

「咚——咚——咚咚——」再細聽又像誦經聲，待她睜眼一瞧，只聞枕邊人的鼾聲。

本來在別人家是不便四處走動的，但濃郁的檀香不斷襲來，像不停的撩撥，不停地勾引著她。

她就像著魔般，不由自主地下床，趿著拖鞋，愣愣地步上三樓，越靠近，嘰嘰喳喳女人聊天的聲音、嘻鬧聲、誦經聲、檀香逐漸清晰。

訴說的同時，咖啡從她緊捏著紙杯中溢出，她鄭重地，唯恐我不相信般，反覆強調她當下的意識是再清楚不過的，只是身體失去控制，宛如被操縱的傀儡。

三樓走道的裝潢同二樓，整潔乾淨，她循著聲音來源走到盡頭的房間，門口是一爐香和神桌，神桌上香灰裊裊，是整棟別墅檀香的來源，只是那香過於濃烈妖異，讓人作噁。

許威啟從未對她說明大宅的祕密，但她卻莫名知道房裡尚有密室，不知從何而來的神力，身形瘦小的她不費吹灰之力移開神桌，露出一個小門，而密室的門也沒有鎖，她輕而易舉打開了。

說到一半她兩眼發直，停頓下來。

我吞了吞口水，忍不住問：「然後呢？」

她抱著頭不斷搖頭，像要揮去什麼恐怖的回憶，用嘶啞聲音說：「裡面沒有燈，但我看見一群女人坐在裡面，其中一位還是畫像上的女人，祂正對著我笑。」

她抬起臉，滿臉痛苦，「接下來我真不確定是不是夢遊，模模糊糊我就加入她們，躺了下來。」

「躺在哪？」

「棺材裡。」

我咬著下唇，想著如何用科學知識去破解。

「隔天我醒來，還是在威啟的房裡。你也許會說我夢遊，但醒來時我身上的檀香味更為濃烈。我問威啟，他完全沒發現異狀，只說我想太多，我也不敢再去內湖許家。但從那一天之後，我常常作夢，夢見走到三樓，加入她們的聚會，一起躺在棺材，聽著怪異語言的誦經聲。而那味道，是我一輩子的夢魇。」

「會不會是夢遊？心理壓力過大？」我問。

「我原先也是這樣想，但月底回家後我媽發現我不對勁，去廟裡收驚，給了我幾張符，要我泡符水。我不敢跟威啟說，你知道習醫的人是講求科學的，我怕他覺得我迷信。」

「廟公沒對我媽說什麼，只說卡陰。回台北喝符水也沒改善，我仍然做著一樣的夢，但在夢裡我已經可以控制身體。我想逃離那棟別墅，我不想再去躺棺材，可是當我走到門口時，那些女人……會從三樓衝下來捉我，有時我拒絕與她們對峙，或在夢裡想叫醒威啟，轉身卻又發現身旁躺著是他的大媽。」

「情況越來越糟，我不敢睡覺，廟公見我也只能直搖頭，說這超乎他的能力。媽媽很不放心，沒有辦法，強押著我去看精神科醫師，偷偷在飲料裡加藥。那晚，我再也受不了，在夢裡，我發狠要打死那些女人。」

眼前的她與平時模樣判若兩人，她表情憤恨，鼻孔微張，雙手握拳，眼裡噴火充滿殺意。

「我拼命打，拼命撕爛她們的臉，她們只是一直笑啊笑。之後我聽見媽媽的哭聲，原來在現實世界裡，我跑到頂樓，瘋狂劃著自己的臉。」她輕撫傷疤，閉上眼，「之後我休學一年，家人二十四小時守著我。從此那個人名字、那個人的事我決心不再靠近。我勸你表姊，離他遠一點。」

雨停了，眼看天色昏暗，時針指向十點，我陪著她走回校園的大門口，再返回補習班牽車回家。

路上我不停思考著故事的虛實，林敏芝認真萬分的神情不像在騙人，但許威啟也不像是真的壞人，一回到房內按耐不住內心的好奇，我打給表姊。

「姊，我聽說許威啟的家在內湖，是一棟豪宅，你有去過嗎？」

她完全不假思索地回答：「有啊，怎麼了？」

這可嚇死我了，「那你有去過三樓嗎？」

「沒有耶，我幹嘛去三樓？那是人家拜祖先的地方，我和他又還沒……」說完表姊還呵呵地笑，帶有嬌羞之意。

「姊，你神經很大條欸！你沒聞到什麼味道？做過夢嗎？看過他的家人？」

「沒有啊，你到底在說什麼，莫名其妙都幾點了，快去睡覺。」說完她就掛上電話，完全不給我繼續問下去的機會。

表姊是麻瓜固然是好事，但我也害怕她會因為不信邪遭遇不測，整晚擔憂，腦海浮現敏芝臉上如銀勾的疤，密室幾口沉甸甸的棺材，和三樓謎樣的女人們，我真的好想知道。

我決定要收集更多的資訊，揭發許家的祕密。

3. 網紅女友

接著我從系上同學那得知一件更玄的事，許威啟還有一個前女友，人稱安妮陳，她是中美混血，甫入學就因出眾的外貌備受談論，甚至成為破十萬人訂閱的網紅。從同學傳送的手機截圖裡，她一頭金髮，皮膚白皙，身材豐滿勻稱，背著名牌包，長長的水晶指甲，如洋娃娃般的大眼和捲翹睫毛。之所以我對她如此不熟悉是因為她在與許威啟交往後的三個月，打破眾人眼鏡，削髮出家，澈底從學院消失，這些事全發生在我入學前。

為了探索真相，我像個賊般從臉書搜索她的好友留言和照片，最後得知兩年前她在文山區的華安寺出家，雖無法連絡本人，但那間寺廟交通並不難找，所以隔日即拿著網路上的截圖照片前往華安寺。

不過進了寺廟發現根本無從找起，晃來晃去整間寺廟完全沒有她的蹤跡，最後只得向一位比丘尼詢問。

「不好意思，請問你知道安妮陳嗎？」我知道這種做法很傻很蠢，但我實在想不到其他方法。

「居士可有她的法號？」比丘尼笑吟吟問。

我搖搖頭，打開手機的畫面給她。

再怎麼和善的出家人，看見安妮陳過往的照片也忍不住皺起眉頭。每張照片都低胸露乳溝，一看便知故意曝光底褲和露點，再用草莓或小花遮點修圖，欲蓋彌彰。

半晌，比丘尼神色尷尬，臉色微紅說：「這應該是靜慧法師。你在這稍等。」

我收起手機，過不久有一位輪廓極深，皮膚相當白皙，明顯是西方人面孔的比丘尼出現。雖說輪廓相同，但氣質仙風道骨，超脫凡俗，和我手機照片裡的安妮陳宛如雲泥之別。

我覺得很蠢，但因氣質迥異，我還是忍不住再次確認：「請問你是安妮陳？」

她停頓一下，點點頭說：「法號靜慧，安妮是我俗世裡的名字。」

她邀請我到寺前的步道走走。這裡草木扶疏，寧靜祥和，幾許尚未完成的竹製籬笆散落在草皮上。走在粗獷的紅磚步道上，她神情平靜，實在無法與昔日安妮陳的形象做連結。

如果是因為許家發生的事而出家，想必是極為痛苦的事，我真要揭人瘡疤嗎？

也許她看出我的苦惱，率先開口問：「走這麼遠來必有要事吧？居士不妨明說。」

「我只是想問一些問題，這問題不好說，但是我還是必須問，因為攸關我表姊安危。」

她誠懇傾聽的眼神鼓勵我繼續說下去。

「那我就直接說，我想問關於許威啟。」

她停下腳步，還向後退一步，停了五秒嘆口氣，「過去的事就該過去了。」

「但是那是我表姊啊！我從敏芝那知道一些奇妙的事，關於他家。」

靜慧法師認真看著我一眼後走進步道旁的涼亭，坐在石頭板凳上說起她出家的機緣。

她沒有去過內湖豪宅，也沒有做過什麼躺棺材的夢，但林敏芝描述那群詭異的女人她見過。

大一那年，她卸下綠制服，踏入花花世界，聰穎和美麗，是上天賜予的禮物，她極力揮霍著。先是在捷運站受訪後爆紅，緊接著在PTT表特版被熱搜，虛華的名聲、金錢、愛慕隨之而來，幾乎讓她無從招架。成了網紅後，偶爾上娛樂節目通告搏版面，且光從臉書的直播廣告月收就高達六位數了，可惜這些外在物質並沒有提升她的自信，反而加深她患得患失的焦慮，因為總會有比她貌美、更具人氣的小模出頭。

慾望是填不滿的無底洞，鼓勵追求更奢華的生活。這樣的不安在與許威啟交往後更加嚴重了。

許威啟是稱職男友，跟金庸裡的小龍女一樣不屬於人間。完美、專情、體貼、多金、俊俏、前途光明的社會菁英，他的太過優秀讓她忐忑不安，深怕一覺醒來一無所有。

那一天照慣例威啟來攝影棚接她下棚，因為拍攝進度延宕一小時，許威啟就足足等了一小時，但也未見絲毫惱怒，微笑說要載她去西班牙小酒館吃宵夜。這麼好脾氣的男友到底哪裡找呢？到底為什麼會喜歡上驕縱的自己？看著威啟英挺的面容，她又陷入不安情緒中，忽地，聞到一股香味，帶點腥羶味。

「你在車上有噴什麼香水嗎？」她問。

威啟認真看著前車窗，搖搖頭。

「你沒有聞到？」

「沒有啊，真的沒聞到。」

儘管他再三否認，但女人的猜忌就是這樣，一旦有了一個可以懷疑的點，只會逐漸的渲染擴大。

更何況那個香氣像魔咒一樣，不斷暗示這台車上可能載過其他女孩。她起了疑心，偷偷摸摸想在許威啟家中尋找蛛絲馬跡。

彼時兩人見面的地點常選在許威啟名下一間鄰近古亭站的新大樓豪宅內，她趁許威啟去上課時逐一探查書架、衣櫃、抽屜，還真找到幾根黑色的長頭髮，她挫敗地想攤牌，卻怕證據不足，這時她想起近來有個廠商請她代言針孔錄影機。

「等一下，你該不會在男友家裝針孔吧？」我頭皮發麻，忍不住打斷她。這根本就是恐怖情人，我第一次感覺到身為母胎單身的好處。

「居士無須大驚小怪，這都已是前塵往事，彷彿前世。」靜慧法師一臉沉靜，手正挑撥著佛珠。

靜慧法師接著說，那黑色針孔錄影機僅一個指節大小，攝影角度涵蓋一百二十度，藏在黑色電視櫃內被發現的機率微乎其微，何況那黑色木櫃主要擺放雜物和國外旅遊的伴手禮，許威啟平時不會去翻動，是個極安全地方，唯一缺點是架設於矮櫃內視野受限，只能照到下半身高度。

回到家後她難掩亢奮情緒，立馬開啟手機應用程式，一方面為揪出小三，一方面是好奇男神的真面目是否會崩壞。然而半個小時過去她卻大失所望，畫面只有許威啟側躺在沙發上看電視吃洋芋片的模樣。

沒看到預料的精采畫面後她良心發現，開始覺得愧疚，決定明天去男友家拆除針孔錄影機，隨即盥洗後準備入眠。

就在凌晨十二點多，半夢半醒之際，手機的應用軟體忽地自動開啟，她本想關上，卻看見、聽見許威啟坐在沙發上，而畫面正前方還有一雙女人的小腿。那小腿蒼白纖細，腳踝到小腿肚的線條筆直，像兩根鋼條，不見絲毫肌肉、脂肪。

終於抓到了！她整個人從床上彈跳起來，立馬將手機音量調到最大，她緊張捂著嘴，像等待到抓姦在床蒐證的元配。

「不要害人了，夠了，我們家已經很有錢了。」黑白畫面裡許威啟這麼說，氣氛凝重。

針孔錄影機似乎有音頻瑕疵，錄得到許威啟的聲音，卻錄不到那女人回話。只見許威啟哀痛地搖搖頭，「非得要這樣嗎？」

忽然那雙小腿的主人彎下腰，將整顆頭塞進小腿間對著針孔鏡頭笑。那一笑詭異至極，彷彿一場刻意表演，嘴角都裂到耳後。

她嚇得尖叫，摔開手機，正常人怎麼可能將頭塞進小腿間，除非練過瑜伽，但無法解釋裂到耳下的嘴角。

一股異香飄浮在房內，恐懼逼她抓狂，她衝出套房，直抵樓下的便利商店，哭著央求店員幫忙打電話回家。

「我躲回老家好幾天才敢打電話給威啟，但他矢口否認影片中發生的事情，還罵了我一頓，說我不該干預他家的事，我從沒看過他這樣動怒，那憤怒的樣子……讓我以為他會殺了我。」說起前男友，她數著念珠的手仍略微顫抖。

「你有再去確認手機的錄影檔嗎？」

「別提了，手機裡從針孔偷錄到的影片全消失，一切就像沒發生過，只是我再也回不到原來平靜的生活。那場災難後我不僅氣色、氣場變得陰沉，運氣也背，接二連三染上負面新聞，手頭上的通告莫名被取消，還失去觀眾緣。居士，人生的繁華像一場夢，我只是提早知道而已。」

「那女人是誰？」

「是誰不重要，有些事，還是別知道的好。居士，你聽我一言，離他遠一點。」語畢，靜慧法師起身走回寺廟，任我在後頭叫她也不理。

安妮陳、林敏芝，與許威啟有關的女人全沒好下場，除非有證據，否則光憑這些事，我一定說服不了表姊離開他，但起碼從安妮陳那得到線索，這與許威啟的母親有關係。

我回到雅房，打開筆電，搜尋關於他的父親許宏紳，過濾掉什麼百大名醫、醫療專訪、慈善捐款新聞後，發現他跟許威啟一樣，不對，是許威啟和他爸一樣剋妻。而林敏芝說許宏紳的前妻蔡麗蘭因病去世也不正確，蔡麗蘭是從精神病房出院當天掙脫傭人，衝到馬路上被一台自小客車衝撞當場死亡，那年許宏紳還在念醫學院，算算跟現在許威啟的年齡相當。

這一家子很有事，剋妻、香味、躺棺材、女人、謊言和獨子，我寫在便條紙上。見窗外天色漸暗，我才驚覺光查找資料就耗去四個小時。我伸懶腰，全身痠痛，心知這樣瞎猜沒有用，最直接的方式就是去內湖許家，去三樓，去密室。

我心生一計，撥起電話給表姊，電話沒響到三聲便接通。

「姊，你喜歡許威啟哪點？」

「你有病啊？晚上打來問這個，沒頭沒尾。」

「不……不，我有一些感情困擾想請教你。我想知道，你怎麼確定自己喜歡他？」

我開始胡亂編派理由，避免她掛電話。

她停頓了幾秒，「這一時很難說明，外人可能都覺得他帥、他有錢，所以受女孩子青睞，不過我是在PTT認識他的，我們聊了半年，有共同興趣、價值觀，那時只覺得這男孩子心思纖細，見了面才知道他是許威啟……」

我諂媚地問：「姊，我想請你幫忙。」

「怪里怪氣，有話直說。」

「中秋節要到，我朋友想辦個烤肉趴，不知道可不可以幫我跟你男友說一聲，聽說他家內湖豪宅很讚。」

「少來，第一，你沒有朋友，第二，要辦烤肉不會去燒肉店還是去公園。我要睡了。」

「喂……喂，等一下，我是因為……我喜歡的女生也會來，所以需要比較好的場地，而且啊，需要你幫忙。」眼見又快被掛電話，我隨便胡謅一個理由，表姊一向心很軟。

她沉默一會後說：「我幫你問問，不過不保證威啟會答應。」

4. 許家三樓

我沒預料到許威啟會這麼爽快答應我，我一直以為心裡有鬼的人會東躲西藏，但隔天一早表姊就傳來一個OK手勢的貼圖。

為圓謊我還真約了幾個酒肉朋友去許家烤肉，那些阿宅本來興趣缺缺，但一聽到許威啟家的豪華遊戲間有一流的電競設備二話不說秒答應，而同校護理系的女學生大白就來客串我喜歡的女孩。

我是在電影欣賞社團認識大白的，不過我們參加社團的目的完全不同，我是為了賺營養學分，燈一暗就呼呼大睡，而大白是真心熱愛電影，簡直將生命投入劇情中。她坐我前排，什麼電影都可以哭得唏哩嘩啦，通常我是被她抽噎聲和擤鼻涕聲嚇醒，不是被下課鐘響。

她長得白白淨淨，心思單純，我以辦烤肉趴需要幫忙為由說動她加入，也才了解這人做事無比認真，不只看電影極度入戲，連別人的場子都全心全意規劃，前一天還特地翹課回宿舍醃烤肉，食材耗費逐項打成excel檔……

那天下午貼心的許威啟開著車來接我和大白先去內湖準備。一進門大白便當成自己家，直接跟著傭人李媽去廚房準備烤肉。表姊連連點頭讚美，說大白是個好女孩。我虛應一番，在許家四處走動，快速在腦海中畫出地圖，果然跟林敏芝形容一樣。

「威啟，待會朋友來，有哪些地方不方便參觀？」我假裝客套，對他的好印象在得知他不幸的前女友們遭遇後全蕩然無存。

他友善微笑，一派坦蕩，「都可以，你們自便，有需要叫李媽幫忙，我們家客廳櫃上的紅酒都可以開。」

假惺惺，看我撕掉你的臉皮。一時得意，我居然直接問出口。

「包含三樓嗎？」

儘管他細心掩藏，但那微乎其微的警戒眼神我還是捕捉到，他隨即故作鎮定笑說：「三樓沒什麼好玩，一樓有電影院，待會我找機會讓你跟大白獨處。」

「是啊，我們昨天還商量適合放什麼片給你們看，《真愛挑日子》還是《我就要你好好的》都很不錯。待會我跟威啟幫你招待朋友，你就約大白進電影間。」表姊笑說。

「謝謝。」多虧表姊的助攻，此舉正好支開許威啟，我還沒想到這招。

隨後表姊走進廚房幫忙大白，許威啟轉頭看我，表情嚴肅，一改平時的溫文儒雅，他雙手抱胸，像審訊般問：「你怎麼知道我家三樓？」

「表姊跟我說的，怎麼了？我只是怕用亂你們的房子，不是聽說有錢人家都有金庫和保險箱，不方便外人看嗎？」我不疾不徐地圓謊，來場諜對諜。

他就定定地看著我，短短幾秒鐘表情卻千變萬化，顯然他的內心比外表複雜很多，最後又換回一張溫和文人的面孔，「沒事，祝你們玩得愉快。」

叮咚——門鈴響起。

那群狐群狗黨準時抵達，許威啟撐起男主人的架勢，領著宅男們參觀豪宅，逐一介紹環境，唯獨三樓，最後在遊戲間裡響起驚呼和讚嘆聲。

儘管許威啟一副自在輕鬆的模樣，但眼神緊緊追隨著我，看來他已經起疑心，後悔剛才逞口舌之快也來不及了，只能更加小心蒐證，見機行事。

接著大白和李媽端出方形托盤，上頭擺滿烤好的肉片、香菇、草蝦、豆乾、甜不辣等，烤肉香四溢，令人口水直流，眾人爭先恐後分食。

酒酣飯飽後，我和大白拿著汽水和爆米花走入二樓的電影間。有錢人真是奢侈，光那電影間大小就有我租賃的雅房四倍大，將近二十坪，黑色皮椅、環繞音響、投影機布幕一應俱全。

如同在社團一樣，大白選定表姊推薦的《我就要你好好的》，放映後她坐在我前方，全神灌注看著螢幕，情緒隨著劇情起伏變化，一會兒拍著大腿大笑，一會兒嘆息，絲毫不在意後方的我。

我假意上廁所輕手輕腳地離開電影間。從樓梯間向下探看，男孩們的嬉笑聲、叫罵聲不絕，可見遊戲間氣氛熱絡，客廳似乎沒有人，李媽和表姊的聲音則從廚房方向傳出。

估計許威啟還在遊戲間，我深吸一口氣後滑開手機，開啟攝影鏡頭走上三樓，時間寶貴，計畫拍下三樓的照片作為證據。

三樓反常地沒有對外窗，明明下午四點室內卻是一片漆黑，一進三樓，樓下男孩們的嬉鬧聲全杳然而逝。空氣滯悶不流通，夾雜潮濕感，濕冷的涼風不知從何吹起，我打個冷顫，這裡根本是電影裡的祕密實驗室、禁區，毒氣流露活屍四伏，隨時有怪物衝上來。

但我不能回頭，否則功虧一簣．我腦海裡浮現林敏芝跟我說過三樓與二樓的格局一致，便照著二樓的方位勾勒出一條長長走道，兩側理應各有兩間房，而走道盡頭的那間大房間，便是林敏芝口中的神壇和棺材間。

我不應該害怕的，樓下有那麼多人，許威啟能對我怎麼樣？可是，可是，我持著手機的手卻不斷顫抖，手電筒應用程式又一直故障，忽明忽暗，許家三樓到底是什麼地方，跟異世界沒兩樣。

照我估算二十公尺內就該走到盡頭，我卻一直走，一直走，莫不是傳說中的鬼打牆？這裡又不是山林，螭魅魍魎山妖等怎會存於都市？況且在別人家鬼打牆也太瞎了，但這一條直路卻好像走不到底。

「嘻嘻……」

我聽見，這裡除我以外有其他人在，尖銳的笑聲。

「誰？誰在這裡？」手機的手電筒裝置忽明忽滅更顯可怖，會照出什麼恐怖畫面都不足為奇，與其如此我乾脆把心一橫，直接開啟拍照閃光燈，瘋狂拍照。

喀嚓喀嚓喀嚓喀嚓喀嚓——閃光燈如機關槍掃射。

「嘻嘻……」

「放馬過來！我不怕你們！你們這些王八蛋！」我想我大概嚇傻了，開始胡言亂語起來。

「嘻嘻……」

隨著噁心的笑聲出沒，一股異香襲來，那必然是林敏芝和安妮陳說過的味道，但他們錯了，不單純是檀香，在高中實驗室裡我聞過，是福馬林，HCHO。

劇烈的恐懼讓我雙腳發軟，我放聲大罵以壯膽：「他媽的笑屁！有種出來啊！你們這些妖怪！」

「嘻嘻……」

「來啊！有種出來！」我死勁地揮舞手機，猛拍照，喀擦喀擦聲響不絕於耳。

啪一聲，豁然明亮。

三樓的樓梯上，表姊正以驚恐的眼神看著我，大白緊張地摀著嘴，宅男之一的阿琛手裡拿著碗，嘴裡的烤肉片掉了出來，身旁的許威啟一臉木然。

映在他們眼裡的我正手拿著手機，瘋狂嘶吼，動作怪異。

「李敬哲，你發什麼瘋啊！」表姊喊道。

「這是故意安排的嗎？」阿琛將肉往嘴塞，理工宅下一個合理的解釋。

在場唯一鎮靜的只剩許威啟，他搖搖頭，「我們先下去吧。」

我傻愣愣的跟著他們下樓，三樓感應式燈光在我們下樓後隨即滅去。

坐在一樓客廳後，許威啟問：「我們在一樓聽見你一直罵髒話便上來找你，你可以解釋剛發生什麼事嗎？」

「我尿急上廁所。」

「二樓就有廁所。」他說。

「我想說順便走走，樓上有怪聲，我就上去，聽見有人在笑……」

眾人的表情明顯寫著不相信。

「敬哲，我當你自己人，如果你有什麼需要幫忙可以直接說，不用偷偷摸摸。怪不得你剛問保險箱、金庫在哪裡。」許威啟說。

「我……」

表姊面露愧疚，「威啟，對不起，我不該給你添麻煩的，我代替敬哲跟你道歉。」

「等一下，我沒偷東西，你們幹嘛這樣。我只是好奇三樓，三樓有鬼。」我激動辯解。

阿琛努著嘴，不以為然，「阿哲，夠了吧，這種事拿來當藉口也太差。」

「姊，連你也不相信我？」

表姊面有難色，「阿哲，我們改天再說吧。」

許威啟又端起大善人面孔，「好了，難得大家有空一起來玩，不快樂的事先別說。」

他的寬宏大量和大器顯得我無比狼狽猥瑣。

我再也受不了被誤會的壓力，我是為了表姊，又不是為了自己，眼下百口莫辯，氣得我直接走出內湖許宅，決定不再插手。

5. 許威啓的邀約

我是鐵了心不再蹚渾水，所以即便事後表姊打來，不斷遊說我向許威啟道歉，兼之說了許威啟不少好話，表明對方不計前嫌想約吃飯等等，也絲毫未能扭轉我的灰心失意。或許我不像許威啟和表姊是那種人人欣羡的學霸，但也有想捍衛的自尊，偷竊對我來說是莫大的人格汙辱。

此後我有一搭沒一搭兼家教，偶爾聯誼，玩玩手遊。

當我再次見到許威啟時，已事隔兩個月，是他主動找上我的。從電視媒體我知道，他已經不單是學霸貴公子，他的父親，許宏紳是媒體新寵兒，原本尊貴的院長身分外，據聞將問鼎政壇，聲勢如日中天。

那天從補習班下班回家，將機車停妥在租屋處旁的暗巷，便見許威啟站在巷口，一身名牌勁裝，風姿颯爽，十足貴公子氣息，但不同以往的是他臉上多了幾分陰鬱，人也更為清瘦。

看見他我就有氣。我不發一語，從他身旁路過。

他抓住我的肩膀攔住我，好聲好氣說：「本來要去補習班找你，但怕敏芝見到我心情不好。」

「誰看到你心情會好？許公子有什麼要事嗎？打工仔下班累了，想早點回家休息，無法奉陪。」我拉開他的手，狠狠瞪他一眼。

他堵在巷口，語氣誠懇，「我想請你幫忙。」

「我自顧不暇，怎能幫你的忙，許公子還是另尋他人，像我這種小偷，千萬別玷汙許公子聲譽。」

「幹嘛這樣。」

我推開他，自顧地走出暗巷。

他卻在身後大喊著：「你不想知道事實嗎？」

好奇心在心底騷動著，驅使我轉身看他。

他眼神無助地說：「我沒有太多的時間跟你說明，去旁邊喝一杯吧。」

也許是他下巴新生的鬍渣和眼眶下濃重的黑眼圈加深我的好奇心，不由自主地一路跟著他走上公館鬧區的二樓咖啡館。他揀選咖啡廳偏僻的角落位置，保持沉默，直待咖啡送上桌後，才愣愣地望向窗外，緩緩說出許家歷久不衰的祕辛。

「我先跟你說聲抱歉，那天不是故意讓你難堪，接下來我要說的事，已經足已將我打入地獄，不過，作為罪孽的後代，也該還債。」

6. 許家的祕密

許家的興盛始於兩百年前，最早以務農維生，雖貧困清苦，倒也安貧樂道，人丁興旺，一族在浙江東部的小農村極為自在。然而某年鬧起飢荒，村裡的人死了大半，當時的村長許三，帶著少數族人來到縣城謀生，想挽救貧困的家園，卻因不善經商蝕掉全部老本，隨行的族人不是走失，就是餓死、病死。

失敗的許三無顏返鄉，像難民一樣在郊外吃草根，啃樹皮，某天他來到溪邊，蹲在石頭上，以雙手合掌汲取溪水充飢時，忽見水中自己狼狽的倒影，頓生自盡念頭。

「唉，沒一餐吃飽的，與其餓死，不如淹死，死了算了，還比較好過。」他對著水中面黃肌瘦的自己說著。

正當他踩著搖搖晃晃步伐走向河流中央，準備自戕時，他看見一個青色的物體在田野裡晃動，他揉揉眼，定睛一看，是隻大牛蛙。

肚子傳出咕嚕咕嚕的叫喚聲，讓他立馬忘了適才尋短的念頭，快步衝上前去捉牛蛙，心想就算要死，也要吃飽再上路吧。

然而牛蛙靈活地跳躍閃躲，許三根本不是對手，再加上體力虛弱，跑沒兩步就已經氣喘吁吁，只能笨拙拍打叫罵著，可是牛蛙哪聽得懂人話，一晃眼，早消失無蹤。

他氣餒地坐在草叢裡，飢餓逐步吞蝕他的求生意志時，耳邊傳來幾許氣若游絲的呼救。

自身都泥菩薩過江，哪管得了別人呢，但那聲音就像有魔力一樣，將他勾了過去，遂起身追尋聲音來源。

撥開扎人的針刺草，一名女子倒臥在地，容貌、身姿被長及膝的野草掩蓋，濃密如馬鬃毛的黑髮覆蓋了面容，只聞細弱的聲響。

「姑娘，你還好嗎？得罪了。」許三拉起女子，這才瞧見女子的樣貌；黝黑粗糙的膚質，痤瘡像紅豆般布滿長方臉，寬大的鼻子，扁扁的嘴。雖說他現下因飢寒交迫，但審美觀還是有的，忍不住心裡為這女子的樣貌感到悲哀與可怖。

「我……我想要喝水……」女子說。

許三輕柔地放下女子，走回河邊，將葉片捲成漏斗碗狀裝水再返回，小心翼翼將水倒入女子口中。

女子稍微清醒後，用她凸出如金魚眼的眼睛打量著許三，也改變許家後代的人生。她說她叫緹瑾，暹羅國師的女兒，自小跟著父親修法，有高強的法術，時常到邊境山區採藥，故懂得當地方言。這一次獨自來到山區不幸遭逢惡匪襲擊被奪走不少財物，幸得身體無恙，有親戚居住在縣城裡，若許三願陪同她前往縣城將可得到一筆豐厚的獎賞。

許三被緹瑾手上金鑠鑠的首飾亮昏了頭，不僅未起防備之心，還勾起貪婪慾望，未細想緹瑾為何遭逢搶劫卻毫髮無傷，歹徒為何未奪去金飾，一口允諾陪同前往縣城。

兩人走進縣城，只見緹瑾大步跨入一戶貴氣大宅邸，門房不敢阻攔，連傭人們也全面露驚懼神色。廳堂上，一名穿著華麗的男子正在主位上喝茶，見緹瑾連忙下跪，許三感到極大的驚訝，不明白醜陋的緹瑾究竟有什麼魔力令所有人聽命於她。

後來緹瑾不僅依約給許三一小袋黃金，更招呼許三在縣城內吃香喝辣，貧苦農村出生的許三何曾受過如此款待，早樂不思蜀，當初的理想、村民的生計早忘得一乾二淨。

可他哪知對方別有用心，不久後緹瑾便提出約定。

某日兩人在客棧裡用餐，緹瑾媚笑問：「三哥在縣城生活可好？」

「好得不能再好了！你看這豬蹄膀多肥美。」穿著紫色綢緞的許三邊說邊大口咬下，油脂從嘴角流下。

「那三哥何時要回家呢？」

許三頓了頓，腦海浮現貧瘠的土地，破敗的茅草屋，他焦急地放下手上的豬蹄膀問道：「瑾妹妹可是要趕我走？」

見許三怔忡不寧，緹瑾笑出了聲來，醜陋的五官全縮在一塊。「怎會呢，三哥想住多久就是多久。」隨後晃了晃手腕上綴滿寶石的金鐲，「我們暹羅女人向來跟中原的女子不同，有話直說，敢愛敢恨，三哥既與我有緣，你不想回窮鄉僻野，我也無意回暹羅，要不，留在這一起作伴。」

許三看著緹瑾樣貌，吞了吞口水，「這……不妥，有待商議，婚姻乃大事，不宜倉促……」

也許察覺到許三對自己外貌的嫌棄，緹瑾一改諂媚表情，拍桌正色道：「我乃暹羅國師之女，可力保許家興旺，豈容得你挑三揀四！」語畢起身。

見財神爺發怒，許三著急了。才數月的奢華生活就把他慣養了，決計不想回到啃樹皮的日子。

許三追了出去，反倒成了他求緹瑾，並且隱藏在家鄉早已有髮妻和幼子的事實，誆騙了緹瑾。

其後兩人在縣城做起生意，說來也玄，此後許家的家運像倒吃甘蔗般漸入佳境，沒有任何一筆虧本生意，不消五年，許三從難民變成一甲富商。富裕的許三卻不快樂，他對相貌醜陋，性格詭異且善妒的緹瑾日益不滿，逐漸冷落、惡言相向，更想起髮妻的美好，暗自接濟起家鄉的妻兒，在許家大宅附近另置小公館。

紙最終包不住火，得知真相的緹瑾前往小公館興師問罪。

「你居然欺騙我！」緹瑾直挺挺站在大廳中央，目視負心的丈夫和元配，她因憤怒扭曲的臉極度可怖，但叱吒商場的許三早已非過去窮苦低下的許三。

他護在家鄉的元配身前，吸一口氣壯膽，「你得了吧，哪個男人不是三妻四妾，再說你照照鏡子，你我容貌天差地遠無法匹配，過去那幾年就當還你恩情，只要你答應不再踏入這裡，你就繼續在大宅當你的許夫人。」

對於緹瑾，許三有些害怕，雖因緹瑾而致富，但他始終無法對她產生感情，除了樣貌醜惡外，緹瑾陰森怪氣，時常在荒山或後院開壇作法等行為都讓他覺得噁心，他對她，只有恐懼。

「你竟敢這樣跟我說話，忘恩負義的狗東西，我先收拾了那賤女人再來跟你算帳。」她鼻孔擴張，張牙舞爪衝向前。

見緹瑾喪失理智，許三也慌了，「你別過來！」拿起桌上燭台猛力砸去。

匡噹一聲，鮮血順著緹瑾額頭流下，「你居然打我，」她怒不可遏拿出隨身攜帶的小刀，那是她平日將祭品開膛破肚的工具，「今天絕對讓你們付出代價。」

「你這瘋女人，做什麼！」

許三見狀將元配推開，與緹瑾陷入一陣扭打，初始猶手下留情，但這些年來緹瑾仗著術法囂張跋扈，他早已隱忍許久，怨氣也趁勢一股腦的傾洩而出，回手的力道自然大些。

忽地尖聲一叫，雕刻著蛇紋的小刀正插在緹瑾胸前，鮮血從她青色的衣襟擴散開來，她向後一倒，髮指甞裂指著許三，喃喃唸著不知名的咒語。

元配嚇得跌落在地，許三顫抖地向後退，沾著鮮血的手不斷揮舞，「我不是故意，是你自己衝上前……」他趕緊命人帶走幼子，轉身拉著元配逃出門外。

沒有人去求救，她倒在血泊中，人世最後的畫面是丈夫懦弱恐懼的模樣，沒有一絲的關懷擔憂愧歉。

許家人對外宣稱是緹瑾自殺，草草辦起喪事，而後在縣城另起宅院，澈底與緹瑾分割，然而不管搬到哪裡，許宅總是傳出鬧鬼；深夜裡一名胸前插著匕首的醜陋女子睜著大眼四處詢問許三在哪，不出半年，元配在某天夜裡忽然走進廚房，拿起菜刀往自己身上剁，等到一早下人準備朝食時，她的下肢像被凌遲般一片片散落，倒在血泊之中。

緹瑾的怨魂幾近讓許家家破人亡，唯一能平安的是許三的獨子，像刻意般的一脈單傳，好延續祂無盡的折磨。

受詛咒的許家逐日潦倒，直到暹羅法師，就是緹瑾的父親上門。

「大師，我知道錯了，求求你想想辦法，你看雲亮，你的孫子，難道祂真狠心害死我們？」衰老的許三趕緊將兒子往前推，不停的跪地磕頭。從富貴到至今的窮困，他著實怕了，要是早知財富會隨著緹瑾的死亡而消散，說什麼他也不敢違逆緹瑾，夜裡夢著從前的富貴，悔恨到醒來。

「哼！可笑，要是祂不顧舊情，你還活得到現在？」法師一臉陰沉，踢開許三，心裡惋惜女兒，死於所愛之人刀下，卻仍留有餘情，不忍絕後，又或者，女兒是想要永遠被記住呢？

法師提出解套的方法很簡單，供奉緹瑾為陰神，立下世代的血咒，將保有許家的命脈並傳承富裕。

但這世界上沒有不勞而獲的事，供奉是需要祭品的，人的血肉靈骨是最強的血咒。緹瑾要求的祭品是許家的媳婦，祂要她們以性命換取許家的昌隆。

「這太沒天理了吧！有錢的是你們，死的卻是女人，難道她們都心甘情願嗎？」足底一陣寒冷竄起，我拉起外套拉鍊，這故事跟瑪雅的活人獻祭、古城牆用童男童女奠基沒兩樣。

「我知道這一時很難接受，但在立誓後確實許家一代比一代興旺。」他避開我的眼神，繼續喃喃自語，「你說死去的女人嗎？當然不是心甘情願，但也難逃宿命，你聽過養小鬼嗎？有些小鬼也非心甘情願，而是被更大力量操控，而緹瑾就是力量的來源。」

「所以……敏芝和安妮陳遇見的，我去三樓看到的，是許家歷代的媳婦？」我站起來，無法置信，太可怕，自私的許家人。我衝上前抓住許威啟衣領，憤怒喊道：「你這不要臉的傢伙，離我表姊遠一點，害人精！人渣！」

他茫然望著我說：「我很抱歉，我也好想結束這一切。你不會懂得，我寧願什麼都沒有，勝過背負罪惡。我從小就看得見樓上的女人們，緹瑾與她們，太祖母、祖母、大媽都會跟我說話，我好想結束這一切。當我對你說出事實時，就等同違約，父親不會容許我這麼做。時間已經不多，父親想要參選，需要借運，需要祭品。」

「你為什麼找上我？」想起表姊危險的處境，毀容的林敏芝，出家的安妮陳，我全身顫抖，更想起那天在三樓拍下的照片，模糊中有好幾個女人身影，似笑非笑，似哭非哭的恐怖表情。

「你跟妮方都很特別。妮方是唯一不被三樓女人干擾的，她完全感應不到。但我卻看見太祖母、祖母一直跟著她，如果祂們帶不走她，遲早……遲早緹瑾也會找上她，她會成為三樓的女人們。而你……」他直勾勾看著我，「膽子夠大，我需要你幫忙。」

忍無可忍，我啐了一聲，死勁往他臉上揮拳，他整個人連同皮椅向後倒，眼鏡拋飛出去。

身旁客人、店員一陣驚呼，有人喊著，「報警啊！快報警！」店家趕忙拿著衛生紙和冰塊，鄰座的客人衝上前架住我。

過一會，他搖搖晃晃地站起來，捂著冒血的鼻子，揮揮手，阻止大家報警。

我推開旁人，睥睨看著他，雙手插腰，「不是為了幫你，是為了救我表姊。」

他點點頭，這是我們首次取得共識。

7. 重回許家

見到許威啟的車，我才了解他這次是澈底打定主意要與父親決裂。

許威啟將家當塞進後車廂內，計畫等這件事解決後就一路南下，脫離家裡。他無法認同父親扭曲的價值觀，也勸改不了父親貪婪的念頭，打算破壞三樓的神壇以終結血咒。

至於表姊，我跟許威啟商議後決定，為避免引發她驚慌，我們並未對她說實話，只說請她提前前往中部的佛堂寺廟稍住幾晚。她當然拒絕，她從來不信怪力亂神之說，直到許威啟再三保證那是一趟心靈禪修之旅，也是我和許威啟重修友誼的機會她才答應。

待表姊進了台北高鐵站後，我和許威啟對視一眼，立即著手計畫，先去北投接送許威啟的死黨兼同學王忠裕。王忠裕跟許威啟的類型截然不同，也和我對醫學生的刻板印象相左，他體型彪悍，蓄著中東人的落腮鬍，雙睛凸出，炯炯有神，配上鷹勾鼻，看來頗憤世嫉俗，一臉陰險，讓我連想到蓋達組織賓拉登。要不是許威啟不斷百般推崇，說王忠裕自小有陰陽眼，對四度空間充滿好奇，藝高膽大，會是這次任務的重要幫手，否則依我第六感，萬不能跟此人合作。

抵達內湖許宅已是下午兩點，豔陽高照，陽氣鼎盛，估計許宏紳在醫院忙得不可開交，屋內應該只會剩李媽，絕對是適合我們動手的日子。

我們每個人都背著飽滿的大背包，內容物卻不盡相同。自從上次被困在三樓的異度空間後，我裡頭放著是鎚子、手電筒、錄影機；王忠裕的背包全是道教法器，什麼黑狗血、桃木劍、八卦、符咒，希望不是購自網拍的贗品，別在緊要關頭漏氣；而許威啟居然背著一尊佛像，說是從南傳佛堂借來的。

我天真以為只要將神壇摧毀，許威啟就能擺脫血咒禁錮，表姊就能安全，現在回想當時真是無知到可怕。

許威啟故作輕鬆按了門鈴，反常地李媽沒來開門，等了五分鐘，他緊張吞了口口水，拿出磁卡嗶嗶兩聲開啟紅銅門。

屋內一片死寂，沒有李媽殷勤的招呼，沒有打掃的聲音。

我們在門口彼此對看，說了些壯膽的話，互相打氣一番後步入。說到底大白天的，三個大男人有什麼好害怕呢？但許宅陰鬱的氛圍確實令人不自主心驚，完美的隔音，濃烈檀香滿溢於空氣中，所有的窗簾都緊緊密合，這裡彷彿是與世隔絕的陰森世界，一樣的家具、擺設，但我明確知道，已非上一次與表姊來烤肉的許宅。

走到一樓客廳中央，便聽見叩叩叩腳步聲響，似有人正從三樓步下，我拿出鐵槌，許威啟抱著他的背包，王忠裕也從背包抄出桃木劍和八卦，正準備迎戰。

碰——緊接著喀擦一聲，大門自動反鎖。我們都被嚇了一大跳。

「靠！」

我第一次聽到許威啟罵髒話。

「威啟，怎麼了嗎？」清麗的女聲自階梯上傳來。

我感覺天旋地轉，怎會是這樣，兩個小時前我們明明送表姊進高鐵站，但現在她卻現身在許宅，根本是自投羅網。

許威啟比我更激動，早我一步發問：「你怎麼會在這裡？」

表姊一臉懵懂，「喔，我進了高鐵站後，許爸爸打來說今天有個家庭聚會叫我先過來，你們隨後到。說是要給你們驚喜，我才剛到，樓上好熱鬧，好多人。」

「威啟啊，出去玩怎不先跟爸爸說一聲呢？好在我還聯絡得到妮方呢。你都沒想過孩子們突然不見，當父母的會有多慌張嗎？」許宏紳從表姊身後出現，他身著白襯衫、西裝褲，意氣風發，慈愛地看著我們。

估算許威啟的父親應該五十歲左右，但眼前的男子目測年齡只有四十歲，面貌俊俏，體格結實，絲毫未見老態。

「姊，快過來，那裡危險。」我伸出手。

「你是妮方的表弟吧，年輕人不用那麼緊張，大家可以坐下來聊一聊，對你也沒壞處。」許宏紳手插口袋，優雅地下樓。

許威啟面色凝重，往前擋住他父親，「爸，夠了，我不想再這樣下去，我們，許家，就此收手吧。」他將背包緊緊抱在胸前，似是抵禦邪氣。

許宏紳呵呵笑了兩聲，笑聲令人不寒而慄，「你看看你，做事這麼不小心，還是不夠謹慎。」食指戳向許威啟的背包。

許威啟愣了愣，像是驚覺到什麼，打開胸前的背包，拿出一具沾血的佛像。他尖叫一聲手鬆開，佛像噹噹噹的滾下樓梯，在一樓的地板上四分五裂。

李媽拿著掃把從廚房走出，對眼前混亂的情境視若無睹，面無表情掃著佛像碎片，宛若傀儡。

「當了你二十多年的父親，我會摸不透你嗎？你動了什麼念頭，我一清二楚，剛好，現在也是適當的時機把話說開。」許宏紳拍了拍許威啟肩膀，走過他身旁，感嘆道：「這麼重要的家庭聚會絕對少不了妮方，況且大媽們也很喜歡妮方，他們會好好相處，你不用擔心。唉，人的生命真脆弱，轉眼消失，只有被供奉的才會永遠活下去，永遠存在。」

這種似是而非的怪理論我難以接受，大罵道：「你少胡說八道，你這個邪教！」

許威啟轉頭看著表姊，眼神哀戚，「你看見她們了？」

表姊不明所以點點頭，笑說：「她們說是你的長輩，說起你小時候的事，好有趣。而且許爸爸好會畫畫，老早幫我畫了畫，今天我才看到……」

「是吧？天意，妮方是適合的人選。」許宏紳說。

「夠了，我是真心愛妮方，求爸給我們一條生路。」許威啟沉痛地說。

「傻孩子，供品若不是你珍愛的人，又怎能表明你的誠意呢？爸也是這麼過來的。你一向乖巧……有捨才有得。」

我趕緊拉過表姊，「姊，這裡不安全，我先送你出去。」正要轉身走出許宅，忽然頭部一記悶痛。我失去重心，在跌落地面前的最後一個片段，看到王宗裕拿著八卦鏡對我。

果然是個陰險的小人，暗算我。

8. 祭品

我被一股惡臭驚醒，那是濃郁檀香混雜福馬林的味道，極端複雜，極端噁心。

睜開眼便看見許威啟、許宏紳、王忠裕忙碌地準備祭典，正準備揮拳卻發現手腕被童軍繩綁得緊緊的。

「王忠裕，你這個卑鄙小人！」我罵道。

他不屑瞥了我一眼，冷冷回答，「人為財死，鳥為食亡。有了許院長幫忙，以後省下許多事。」接著繼續點蠟燭。

我轉頭罵向許威啟，「你呢，說這麼好聽，結果跟你爸一樣無恥。」

許威啟無奈嘆口氣，「妮方見到大媽們了，就已經註定了血咒會在她身上實現，她將成為許家的一員。」

許宏紳遞給我一個關愛的微笑，「結束後我會好好補償曾家的。」

他們正逐一點燃密室周圍的彩色蠟燭，恐怖的預感油然而生，我問：「你們這群神經病，到底在做什麼？」

許宏紳保持一貫的職業微笑，跟電視受訪時一樣誠懇，「小朋友，一個人的犧牲，換取眾人的利益是值得的，人生來就是等價交換。」

「你喪心病狂！要換不會自己去換。」我奮力扭動，卻扭不開繩索，最後只好頹廢地坐在地上。

隨著蠟燭的點燃，視線越來越清晰，我環顧四周，這裡想必是傳說中的許家密室。

密室前方擺放幾具棺材，後方則是個大神壇，神桌上坐著掛滿黃金首飾的乾扁女屍，應該就是緹瑾的金身；一具死了兩百年的屍體早脫色變形，祂卻塗著粗黑的眉毛和眼睛，醒目的豔紅口紅，全身貼滿金箔，穿著豔麗鑲金邊的泰國傳統服飾。我隨即想通許家的怪味來源，原來是為預防腐化，用了大量的福馬林和檀香。

我忍不住嘔出中午未消化便當，一切出於反射。

正在焚香的許宏紳皺起眉頭，「嘖，小朋友，這樣不可以，你怎麼可以吐在這麼神聖的地方。」按下牆壁上的按鈕，李媽敲敲門走了進來，動作僵硬如同機器人地將我拉了出去。我邊走邊記取三樓的路線，跟敏芝說的一樣，外頭的神桌是幌子，神桌後的密室才是真正供奉緹瑾的地方。

李媽將我拖到二樓樓梯口後，像尊木雕站著不動，我認真瞧了李媽一下，看起來像電影中被下降頭被控制一樣。

「我要尿尿。」我說。

她不動聲色，雙眼發直。

「我要尿尿。我要尿在這裡。」我忽然想起靈異節目說過童子尿是九大辟邪法寶之一，而老師說童子尿不只小孩的尿，只要是處男就算，莫非老天爺讓我維持母胎單身有其用意，一泡尿可以拯救我和表姊？不確定，但死馬當活馬醫。

「我要尿尿，我要尿出來了。」我說。

李媽仍不理我。

這也不能怪她，可能中邪，但之後的事也不能怪我，我是為了求生。手腕被童軍繩綁的死緊，但手指頭的活動範圍足以拉下牛仔褲的拉鍊。

我再次聲明接下來的所有的不衛生行為是為救我的表姊，本人絕無四處便溺習慣。

我掏出傢伙，冷不防一條黃色拋物線向李媽噴灑。

「么壽哩！你咧創啥？」李媽慌張閃躲尿液。

從她姿態我知道她清醒了，「要出人命，你先幫我把手解開。」

她雖滿臉困惑和厭惡，但還是先幫我鬆綁，「少年郎黑白來，垃儳！」邊說邊納悶問：「我哪會砥加？」

我懶得跟她解釋，表姊還在樓上，許宏紳早被名利蒙蔽良知，我需要加快動作。鬆綁後我趕緊拉上拉鍊，回去一樓打開背包拿出手機報警，再朝向密室邁進，緊握著在一樓客廳撿到的鐵鎚上樓，深怕表姊撐不到警察來的那一刻。

靜悄悄走入密室，檀香和福馬林的臭味撲鼻而來，我屏住呼吸躲在入口處旁的柱子，一面忍著嘔吐，一面等待視線慢慢適應黑暗，以窺幽暗的密室動靜。

許宏紳盤腿坐在神壇前，念著泰語，前方數具棺木同時發出微微顫動聲響，似有東西想破棺而出，裡頭裝的可能是歷年的許家媳婦。

一些細碎的笑聲和哭聲交替響起，燭火搖晃，陰暗的神壇周圍隱約可見幾個女人身影，全跟著面向緹瑾，而神桌上的祂，百年乾屍露出滿意的微笑。

密室的氛圍詭異恐怖，我緊張顫抖，深怕激烈的心跳聲洩漏我的行蹤，並壓抑尖叫的慾望。連王忠裕都被眼前的怪異景象震撼到，屢屢向後退，似有意離去，朝著我的方向走來，眼看就要對上柱子後的我時，許威啟忽然從另一角落出現，將他推向前方。

「不准走，我怎知道你會不會去報警。」許威啟對他說。

「怎麼會呢？現在我們可是在同一條船上。」小人王忠裕乾笑兩聲，只得走回神壇。待王忠裕走回神壇前方時，許威啟向柱子後方的我望了一眼，並與我對上眼。

當下我以為我完了，他發現我了，手裡緊抓鐵鎚，準備進行一場惡鬥。但他只停頓一下，對我點點頭，那決絕的眼神和悲壯的神情此後我將無法忘懷。

接著他走到前方一具尚未闔起的棺木前，伏下身子並伸出一隻手輕撫棺木內的人，說著話。

他在暗示我那是表姊。

隨著許宏紳唸咒，燭火益發旺盛，尖銳的笑聲和哭聲越來越大聲，完全進入超現實世界，現在就算神壇上死了兩百年的緹瑾走下來我都不會訝異，這裡已經成為陰間，邪神將降臨。

王忠裕的理智終於因為懼怕而瓦解，他抓起衣領哭喊道：「媽啊！」接著奮力向外衝，卻直直撞上一口棺木。

要知道腎上腺激素急速分泌時會產生強大的力量，激發潛能，新聞曾有位母親為救子徒手抬起一點二噸的車，而王忠裕人高馬大，爆發力更為驚人，他撞飛了那口棺木，裡頭那具N年老屍就這樣飛了出來。

「啊！」王忠裕不停尖叫，因為那具屍體，某年的許家媳婦先是騰空飛起，最後直直落在他身上，與死屍近距離的擁抱把他嚇得驚慌失措，將屍身往前一丟。

一般來說屍體腐爛速度依環境而定，大多一、兩個月就成了白骨，但許家媳婦是經特別處理的，變成似人又非人的褐色人形。

「祖母，你撞倒我祖母了。」許威啟的叫喊聲成了擊倒王忠裕理智的最後一根稻草。

王忠裕簡直瘋了，對著死屍，不，許威啟的祖母猛磕頭，碰碰碰地磕出一地血。

許宏紳終於受不了，「混帳東西！你們在胡鬧什麼！」他見王忠裕已失去理智，拼命磕頭，只大罵一聲：「沒用的東西！」

他看向許威啟，「時候不早，我們該動手，別讓太奶奶等太久，」他拿起神壇上的金剛杵後走向棺木，仍是一臉溫柔燦笑，卻皮笑肉不笑，像張噁心的面具。

我緊握鐵鎚打算在他出手前將他擊昏，而許威啟又與我對望一眼，直搖頭。

正當許宏紳拿起金剛杵，準備對著棺材裡的表姊下手時，許威啟抓住他父親的手，兩人扭打成一團，金剛杵滾落到神桌旁。

許宏紳上半身被兒子架住，氣急敗壞大罵：「你在做什麼，惹太奶奶生氣我們全都得死。」腳還不斷踢動掙扎著。

「我們早該死了，還拖那麼多人下水。」許威啟厲聲大喝，氣勢震住許宏紳，許宏紳像洩氣的皮球癱軟在地。

「許院長停手吧，已經報警了，別反抗。」說完我衝向前方棺材，優先檢視表姊狀況。

她躺在棺木裡，嘴巴塞進白布條，眼睛大大的，淚珠早撲簌簌流滿整張臉，看來受到極大的震撼。我抽出白布，解開繩索，將她扶起，但她雙腿發軟無力爬出棺木，身子很沉，我只得用蠻力將她整個人拖出來。

雙足落地後她「哇」一聲哭了出來，說不出半句話。

「完蛋了，我們完蛋了，全都玩了。」許宏紳坐在地上，帥氣的臉龐瞬間老去，借來的運氣和青春像全被索討回去般，皺紋白髮一一浮現，像個六十歲老人踢著腳。

「對不起，妮方，我不是有意傷害你的，我知道我不該去喜歡誰，卻還是喜歡上了你，本想瞞住父親，但……」許威啟拾起剛掉落的金剛杵，走向緹瑾金身，「該結束了，這些女人……媽媽、祖母、曾祖母，全都放過吧，如果有報應，就回到我身上吧。」毫不遲疑地拿起金剛杵，用力往緹瑾金身胸口刺去。

許宏紳來不及阻止，就見緹瑾屍身碎裂，如一具玩偶癱倒在神桌上，他趴在地上悲嗚，反覆哭喊，「完了，完了，全都沒了……」

許威啟見父親傷心的模樣，不免紅了眼眶，「爸爸，對不起讓你失望了。」

許宏紳沉浸在繁華夢碎的傷慟情緒，置若罔聞，頭抬也不抬。

我嘆了一口，跟著表姊、許威啟一同走出密室，留下許宏紳和發瘋不停磕頭的王忠裕。

在大門口，我忍不住問許威啟，「緹瑾的金身毀了，許家往後大概……你真的不眷戀嗎？」

「我受夠了。小時候大人總對我說，媽媽、祖母、太奶奶保護我們，可是我看著她們的魂魄飄散在大宅卻覺得可悲。人活到七八十已經夠累，連死了還要負責蔭庇活著的人真夠辛苦，而許家媳婦全死於非命，強迫保佑自私的後代，這不是更可悲嗎？簡直永無安寧之日。像我這樣不幸的人，本打算不喜歡上任何人，可是……我卻奢望能像個正常人。」他轉頭看向表姊，「對不起，我以為你是我的命定之人，因為你什麼都感受不到，直到那天我看見祂們一直跟著你，才知道我不出手，父親、太奶奶也會出手，我害了你。」

表姊搖搖頭，她不怪他。當他選擇破除血咒，就等於犧牲自己和許家。

「我先送你回學校，然後我再去自首。」許威啟攙扶表姊上車，駕著白色的奧迪駛離內湖許宅。

我則坐在許宅花園裡的庭院椅上等警察。抬頭望向許宅忽然驚覺，原本白淨的外牆居然泛出死氣沉沉的灰白，精緻的欄杆不知何時生了鏽，花圃的蘭花全凋謝，看來在破解緹瑾的血咒後連宅邸也迅速地衰敗。

兩百年前的許三是壞人嗎？未必，只是在沾染過酒色財氣後，人對慾望權勢上了癮；許宏紳就算沒有緹瑾的血咒，憑藉自身力量智慧就不能成為院長嗎？這也未必，說來說去只是人對外力的依賴勝過相信自己。

在他們離去不久，警察還未到前，烏黑濃煙從頂樓竄出，火舌貪婪地舔舐著詛咒之家。許家籠罩在煙霧大火裡，昔日繁榮全都只是一場虛幻夢魘。

門霍然開啟，李媽拉著王忠裕跑了出來，臉上都是燻黑的痕跡。

「院長，院長，發瘋了。」李媽驚魂未定，「一直喊著他完蛋，與其這樣不如死了，居然就……」她一邊用泣不成聲語調說著，一邊用毛巾壓住王忠裕冒血的額頭。

王忠裕大抵也是瘋了，雙眼失神，口水不斷從嘴角滴落。

許院長，一個從不失敗，也無法接受失敗的人，選擇用逃避方式拒絕承擔後果。

救護車、警車、消防車接踵而來，我跟著一一回覆各種問題，從警察的表情看來他對我和李媽的話半信半疑。還未能從偵訊的空檔得到喘氣時手機響起，是母親。

「你快去醫院，妮方出車禍，我和春美已經在高鐵上，你先過去佑昇醫院，你有沒有聽到我說……」話筒傳來母親急躁的呼喚。

我陡然想起棺材內的表姊，沉重的身體和詭異的微笑。

9. 雙生

舅媽和母親從雲林趕來還需要一段時間，我成了第一個抵達醫院的家屬。

我焦急地詢問那場事故，從警察口中得知許威啟的奧迪跑車行駛在羅斯福路上時，忽然加速到時速破兩百，攔腰撞上左轉的公車，後方來車全閃躲不及撞成一團，釀成一樁連環車禍，傷者不計其數。

大量傷患湧入急診室，哀嚎聲此起彼落，醫護人員忙得不可開交，記者警察來回穿梭。我僅知表姊仍在手術室，問起傷勢，醫生和警察一臉陰沉。

現場慌亂，我找不到許威啟，最後在網路新聞看見一行駕駛者許姓男子（25歲）當場死亡……

這是許家的業力還是緹瑾的報復？

一小時後母親和舅媽狼狽現身，舅媽因臨時被通知，還穿著室內拖鞋，滿臉淚痕說著，她難以置信乖巧的女兒怎會成為新聞主角，更無法相信溫文儒雅的許威啟飆車飆到兩百，她要我一五一十地交待許威啟的事。

儘管這些事超乎常理，甚至會被懷疑胡謅，我還是將許威啟的前女友們、許家三樓、許威啟的自白、許宏紳的喪心病狂和血咒的事全盤托出。

在開刀房等候室外，母親和舅媽眼睛睜得老大，待她們看見我在許家三樓拍攝的鬼影照片，幾個支離破碎的女人在走道上時，雙手絞的泛白，也信了大半。

「泰國血咒……阿方好無辜啊。」舅媽痛哭流涕，為女兒抱屈。

母親輕拍舅媽的背，安慰道：「不會的，阿方這孩子那麼乖，老天爺不會這樣對她，開刀會順利的……」

還未說完，冰冷的廣播聲響起：「曾妮方家屬請到五號手術室門口。」

我們一行人匆忙擠到門口。

自動門一開，穿著綠色手術衣的醫生在門後等候，他戴著口罩手術帽和厚重的黑眼眶遮去所有表情。

確認過身分後，他說：「手術不樂觀，劇烈的撞擊導致肝臟、脾臟，大血管破裂大量出血，病人仍在搶救中，最嚴重的是腦部受到重擊，正在清除血塊，但就算醒了……也有可能成為植物人，你們要有心理準備。」

舅媽完全無法接受，全身癱軟靠在母親身上，情緒激動到幾乎昏厥，最後母親先帶舅媽到商旅休息，我留守陣地。

我一直沒對母親和舅媽說，警察跟我說車禍發生時表姊整個被彈出車外，掛在路邊的行道樹上，身體幾乎對折成兩半，一枝樹枝插在她胸口。

我想起許威啟刺在緹瑾胸口的金剛杵，不偏不倚同一個位置。

10. 母愛

表姊手術結束後轉到加護病房，據醫師病情解釋昏迷指數為三，生命徵象不穩定，抽血檢查全不正常，狀況始終不樂觀。每次會客時間見表姊瘦弱的身體躺在病床上，頭上纏著一圈圈的紗布，嘴裡插著管子接呼吸器，血袋、點滴輪番交替輸注，大小便仰賴他人清潔，這樣的她讓我認不出這是曾意氣風發的表姊。

五十多歲的舅媽也無能為力，只能在會客時間幫表姊洗洗手腳，拿著精油按摩可能永遠昏迷的女兒。其他親戚偷偷叫我問醫生以後會不會變成植物人，我不敢說，其實每次會客時間解釋病情時，醫生已從暗示，到肯定表姊最好的狀況就是僅止於此。

一個禮拜過去，家族氣氛低迷，唯一不放棄的是舅媽，除會客時間風雨無阻的到訪外，其餘時間忙著拜會各處大小廟。她總說，阿方會醒來，今天去求誰誰誰，擲筊說阿方有天會醒來的。

可是見過表姊的人都知道，她不會醒了。現在的表姊只是一具沒有靈魂肉體。

隨著時間變化，最後舅媽也逐漸接受表姊成了植物人這事實，她常說著，「阿方還那麼年輕，如果是我就好了。」「阿方是個孝順的乖孩子，老天怎麼捨得。」「為什麼不是我呢，為什麼我不能代替阿方……」「泰國血咒，憑什麼是換我女兒的命。」話裡有無盡的惋惜。

然後某天舅媽就失蹤了，全家人都找不到她，我們都怕她一時想不開還報警，舅舅急得心肌梗塞進急診，最後警察查到出入境資料，舅媽去了泰國。

我耳邊傳來她哀怨地說：「為什麼不是我呢，為什麼我不能代替阿方……」

等了兩個禮拜，終於收到她的電話，也是她最後一通電話。

「阿哲啊，你跟我們家阿方最好了，上同一所大學，又去許家救她，住院期間也幫忙不少，舅媽很感謝你。」她的聲音有種悲涼，像是訣別。

「舅媽，你在哪裡？有什麼話回來再說。」我有一種不祥的預感。

「阿哲，舅媽找到能救阿方的方法。泰國的大師通靈過了，緹瑾是不會甘心這樣走的，祭典完成一半，阿方已經算是祂的供品，祂要帶走阿方。舅媽只能求神幫忙談判，一命換一命。」

「你在說什麼！我們一起想辦法，你不要衝動。」我急了，也不管是在加護病房外的等候區，直接破口喊著，旁人紛紛投以厭惡神情。

「阿方以後要麻煩你多照顧。要提醒她，要好好修行。被邪神纏過的身體多少會留下後遺症，走過陰間一趟也會染上陰氣，要多做好事，才能平安過一生，媽媽做的才值得。」

「舅媽，你冷靜，」我話還沒說完，電話一端便斷線。

過了兩天，表姊奇蹟甦醒，完全沒留下後遺症，能下床能說話能吃飯。媒體蜂擁而至，醫師還上了新聞採訪，是現代醫學的奇蹟，然而舅媽卻再也沒回來了。

11. 珍妮佛

「恭喜出院。」在病房走道上，護理師經過我身旁恭賀著。

我禮貌點頭，「這陣子有勞你們照顧了。」拿著辦好的出院收據走回病房，準備帶表姊出院，今天舅舅還特地北上載她回台中。

表姊甦醒後便以驚人的速度復原，意識清醒，抽血數值一天比一天進步，連迸裂的傷口都完整癒合，現在只留下淡淡白色的疤。對於一個差點被判腦死的人來說，沒有後遺症醒來簡直是現代醫學的奇蹟，醫生還接受媒體專訪，只有親近的人才隱隱然察覺回來的不只是她。

在加護病房拔管後的第一句話便嚇到護理師。

她反覆喊著「脊空」，護理師不能理解，直到會客時間隔壁床的外傭聽見，翻譯出她說的是泰文เจ็บคอ，喉嚨痛；要喝水，她會說ฉันกระหายน้ำ，殘捆海綿。

忽然說起泰文的表姊讓大家害怕，醫學奇蹟立時又成了醫院怪談，而且有時她又露出對人不信任的冷冽表情。

或許是回到陽世的日子漸多，曾妮方的回憶又慢慢地灌回到她腦海裡。

我走進病室，坐在表姊床旁，她面向窗外，閉眼默默地誦經，一點也不像過去講求理性科學的表姊。

我忍不住打斷她，在她要回到台中老家前，我要轉告舅媽的叮嚀，而有些事我須得問清楚，「你是誰？」

她停止誦經轉頭看向我，眼底平靜無波，卻有著深沉的哀傷，「我是曾妮方，也不是曾妮方。阿哲，全部都變了……我腦海裡出現祂片段的回憶，祂的忿忿不平，被所愛的人欺騙，又喪命於愛人之手……祂的怨念好可怕，想要毀滅所有人。」

當她說起緹瑾的回憶時便趕緊閉上眼，避免洩漏怨念。

「可是我又感受到威啟和媽媽。那天車子忽然失速，是威啟緊抱著我，設法讓我活了下來。我知道這條命，是他們為我求來的，他們在另一端為我打氣，要我回到這世界上，替他們好好活下去。」

就像舅媽說過的，被邪靈纏身過的肉身終會留下痕跡，緹瑾的氣息注入她的靈魂，「舅媽跟我說，她希望你好好的修行，這輩子才會平安。」

她苦笑，「我知道，我感受到，如果沒有足夠的正念和修為，黑暗角落的我隨時都會吞噬我自己，我會變成另一個緹瑾。」

手機訊息傳來，是舅舅，再十分鐘他的車將抵達醫院樓下。

「往後有什麼打算？」我扛起表姊行李，一同步出病室。

「我打算休學，去泰國修行。這條命，自有它的用處，我不能讓緹瑾奪走我的身體。」

出了電梯，舅舅的車在門口等候，她先進了車內，我負責將行李全塞進後車廂。表姊的行李不多，一個行李箱，兩個托特袋，其中一個無法封口的托特袋露出全是許威啟的衣物和用品。

想到許威啟我有些鼻酸，不禁哽咽起來，舅舅笑我長不大，捨不得表姊。

車開離前，表姊叫我不要為她擔心，她將背負著他的期望活下去。

下一次見到表姊是兩年後，她剛從泰國回來，她說她叫珍妮佛，她要開佛牌店。

第二章
親親寶貝

1. 神祕包裹

七月，紅日當空的正午，悶熱黏稠、攝氏三十八度的氣溫，彰化小鎮的街道上杳無人煙，在陣風襲來幾乎可灼傷肌膚的盛夏晌午，出門成為人人避而不及的事。

「是幫家人代領嗎？」超商店員遞交宅配包裹給婦人。

店員心裡納悶，面前中年婦女的外貌、年齡似乎與身分證不符。身分證照片是面容嬌豔的三十歲女性，但眼前人卻是個粗獷的大媽。

「是我本人，沒錯。」婦人急忙回應，一把搶回身分證。

既然證件都核對過了，超商店員也不便多說，只是她又注意到婦人異常的情緒，那是種不正常的欣快感，緊抱著包裹臉微潮紅，令人不禁起遐想，包裹內是否為情趣用品？

「這樣就可以了。」店員交付收據予婦人。

婦人小心翼翼地抱著紙箱，顫頊的行走著。體重近破百的臃腫身軀讓她連步行都氣喘吁吁，吐著一圈又一圈的熱氣，滿臉通紅，斗大的水珠順著臉頰流下，熱汗沁濕後背，貼身的T恤顯現她一圈又一圈的脂肪。

但她一點也不受炙熱氣溫的影響，異常興奮，眼睛閃耀著光彩，這貼著「易碎品，小心輕放」的紙箱之於她，像綠洲之於沙漠中的迷途者，或是浮木之於溺水者。

陳貞笑了，她籌謀已久，從泰國空運而來的祕寶，將挽救她岌岌可危、日薄西山的婚姻。雖然泰新近日不常回家，但為了掩人耳目，她甚至利用便利商店代收貨件，還刻意選擇離家較遠的分店。

別看她如今痴肥的模樣，她曾經是名華大學的校花，校園的風雲人物，二十二吋細緻的腰身，清麗嬌俏的臉龐，欲語還休的小女兒姿態，全校上至老師、下至學長、學弟都為她瘋狂。

但專情純樸如她，從一而終選擇她的初戀男友——陳泰新。泰新學長是陳貞的青梅竹馬，兩人皆為彰化田中人，從高中就是班對，更一路到大學，即便學府內追求者眾多，她仍心繫學長一人。

畢業後，他們順理成章的步入禮堂，泰新婚後繼承父親的造漆廠事業，而她成為家庭主婦，夫妻倆的生活平凡而順心。

他們之間何時開始走味呢？大抵平凡夫婦都會面臨同樣的問題，色衰而愛弛，生活步調不同而漸行漸遠，但陳貞的狀況較為複雜，由於婚後三年都沒有懷孕跡象，她跟泰新到醫院進行一連串的身體檢查。在冰冷灰白的診間內，醫生直接宣告陳貞的卵巢機能嚴重退化，生育能力如同四十歲女性。在家族壓力下，她毫無選擇的接受排卵針治療，然而，不僅效果不彰，排卵針的副作用更讓陳貞面目全非，短短半年內，她既未懷孕，體重還狂飆三十公斤，停藥後體重仍逐日上升，直飆一百，嚴重的荷爾蒙失調不僅毀了陳貞自傲的外貌，更摧毀她的婚姻。

隨著泰新事業日漸步入軌道，他頻繁進出入聲色場所與客戶應酬，外加公司擴編的女性職員，一個比一個年輕、性感、清純、冶豔，各式各樣的美人面孔，是他前所未見。對比陳貞，過往喜愛漸失，鄙夷之色漸增，根本不敢將陳貞帶出門，某天微醺之際甚至當陳貞的面脫口而出，喊她是隻「不會下蛋的老母雞，還是一隻胖母雞」。

而新祕書瑞秋的到來，更是給陳貞的婚姻致命一擊。

瑞秋是泰新在酒店應酬時認識的小姐，她染著一頭淺褐色長髮，像極日本雜誌上的封面女模，精心保養的修長水晶指甲，絢爛的桃紅色，華麗金粉和水鑽點綴著甲面，整個人的外型宛如一尊藝術品；而她纖細青白的身段，講話嗲聲嗲氣的，一舉一動充滿女人味，再加上馭男手腕高明，認識一個月後，泰新便在公司旁租賃了一間小套房做為愛巢，更進一步在公司內部安插工作給瑞秋。

上班時，瑞秋總穿著貼身襯衫和短裙，踏著九公分高的黑色高跟鞋，每當她故作姿態翹腳交疊著筆直的長腿，泰新就像青春期男孩偷看色情片般刺激興奮，偷覷，欲罷不能時拿起手機偷拍。瑞秋太懂勾引，顯得陳貞無趣貧乏。

至此，陳貞澈底輸了，沒有小孩的牽絆，泰新理直氣壯的夜不歸營。

但這一切都將改變，有了這個寶貝，呵呵。陳貞心頭一陣狂喜，臉上掛著扭曲的笑容，不幸的婚姻似乎讓她精神狀況出現問題，可惜先生從來沒有發覺。

她捧著紙箱，小心翼翼地穿越平交道，緩緩走在田野間，深怕分心跌倒而摔壞懷中的珍寶。

走進她和泰新位於田中郊區的透天厝，她進門直接步入三樓的頂樓加蓋。十坪大小的空間，本來主要作為倉庫，房裡堆放著大大小小的紙箱，家具僅剩位於正中央的一個木桌，上面擺放了精緻的娃娃屋，是半開放式的白色歐風小別墅，為了嬌客的到來，陳貞幾日前早已精心佈置了小沙發、床、塔香、奶瓶、衣櫃。

接著，她興奮地打開宅急便紙箱，內容物被一層又一層的泡棉包裹住，她雙手顫抖地撕開泡棉，露出相當精緻漂亮的洋娃娃。深藍色大眼，濃密長睫毛，褐色捲髮，嬌紅微翹的小嘴，白色的蕾絲洋裝，外觀與一般洋娃娃無異，除了洋裝下寫滿醒目的咒語，猛然一看令人怵目驚心。

陳貞欣喜地將她抱在懷裡，喊著，寶貝，我的女兒，我的救星，你以後叫歡歡吧。

2. 求牌

在陳貞領取包裹的三個月前，她前往台中市區的無招牌佛牌店。

沒有任何招牌，開在巷弄裡，若非經人介紹提點，根本不會注意到暗巷裡有間佛牌店。而且就算知道地址，沒有機緣，照著google map和地址也找不著這間店。

即便如此隱密，無招牌佛牌店卻是台灣佛牌業界中的傳奇名店。店主珍妮佛，她買賣全憑感覺，從不強調靈、沒有感應退貨這樣的宣傳，因為當你跨進這間店的時候，你將會強烈感應到有數百雙眼睛正對著你，你會不寒而慄地相信世上所有靈體的存在；特別是如果你求的是歹毒害人的願望，珍妮佛的表情會倏然轉變，幽幽看著你，問著：「你願意付出什麼代價？」那眼神簡直像老虎端詳獵物般，似乎一旦答允了便將你拖往地獄，是故原本要求下降頭的人紛紛離去；因為他們知道，她是說真的。

「你一定要幫幫我。」陳貞雙手焦急地搓揉著，她來過無招牌佛牌店的巷口好幾趟，卻不得其門而入，也許這次誠意感動天，終於找到門進來。

「這種陰料的派古曼沒那麼好找，就算找到也不好供奉，沒你想的那麼簡單，用不好反噬的力道很強，我建議你請正牌就好。」珍妮佛穿著黑色露肩長洋裝，一邊磨著指甲，一邊苦勸。

在泰國那兩年她吃足苦頭，拜訪許多知名的廟宇佛堂，也到泰緬、泰柬邊境的深山修行。她向高僧學禮佛祈福，也向阿贊法師學控靈，每個真正的修行者都能瞧見她體內兩百年的緹瑾。懷著正念的法師們憐憫她的處境，傾其所能幫助她；貪戀邪神緹瑾法力的法師則與她利益交換。所以這兩年她費心控制緹瑾的惡念，最終找到平衡共存的方法，而頻繁與法師們的往來讓她成為佛牌業界出名的牌商，舉凡任何正牌和陰牌，不論去世的、當紅的龍婆、阿贊，她都有門路用到手。

「如果正牌效果好，我老公早就回來了，我就是走投無路才來！我求求你，幫我用到阿贊奔的古曼，我一定虔誠拜，多少錢都可以，用命換也行。」陳貞哭著，她腦海中浮現徵信社給的照片：泰新和瑞秋出入摩鐵，還有泰新對她鄙夷的眼神，全都是她心裡頭拔不掉的一根刺，每分每秒不停地扎。她從一位富商那打聽到阿贊奔的古曼，靈力十足，連瀕臨破產的公司都能力挽狂瀾。

「別輕易說用命換，這些話都會成真。」珍妮佛略皺眉頭，「阿贊奔啊……」阿贊奔出沒於泰國，卻是柬埔寨知名深山黑魔法修行者，專攻重陰料，別的師傅不敢用的料，他用得肆無忌憚，不僅用骨灰、屍油、屍肉，還必選用死於非命，怨念越重法力越強。

「這……你知道這都有損陰德的，而且請神容易送神難，到時用出人命，那不是你可駕御的。」珍妮佛搖頭，一方面苦口婆心勸說，一方面又像是打量。

「陰德？那些毀壞我家庭的人有顧慮到陰德嗎？這你放心，我供了，就一輩子供著，只求祂讓我夫妻美滿，感謝都來不及，絕不隨意丟棄。」陳貞舉起手發誓著，雙眼睜大，眼眶下陰影，藏不住她不眠不夜的苦悶。

珍妮佛看著陳貞，心想，所謂病入膏肓，急病亂投醫大概就是這樣，這類的女人她見多了，因愛而執著，那怨念真的很深，不顧後果，你今天不給她，她也是要去別處求。珍妮佛來往泰國黑白魔法，她是盡量不售陰料給顧客的，但看著陳貞紅腫的雙眼，因丈夫外遇痛苦的眼神，珍妮佛的信念逐漸動搖，她還是心軟了。

「好的料是要機緣，要等，時候到了告訴你，但你必須照著我說的方法供養。不然，你要知道……祂們就跟真的小孩一樣，弄不好是會跟你鬧的。」珍妮佛陰側側看著陳貞。

陳貞得到珍妮佛允諾，舒了一口氣，像看見幾許陽光透進衰敗的婚姻裡。她見時候不早，留下資料便起身離開，她還趕著回彰化，守著先生不一定歸來的家。

每一個牌、每一個古曼都是緣分，分不清是誰挑誰，但阿贊奔的古曼並沒讓她等太久。

「歡歡，你一定要幫助媽媽，媽媽一定不會放下你。」陳貞用她肥短手指萬般憐愛地梳理娃娃的頭，她的未來全仰賴這柬埔寨的小娃娃，她的救贖。

陳貞將歡歡放在專為娃娃打造的小沙發上，依著珍妮佛的指示，介紹家裡成員、環境，供上可樂、糖果，虔誠焚上十六柱香。

另外，即便珍妮佛之前再三勸導不可餵血，但陳貞私心認為，極陰才是速效，魔力更為強大，她已無法再忍受丈夫無情的背叛，她對完美婚姻、家庭的渴望已讓她澈底喪失理智，沒人知道平日外觀正常的陳太太，每到夜深人靜時，面目猙獰，拿著徵信社提供的泰新和瑞秋相擁照片，握拳握到泛白的手指頭，口裡不斷咒罵著惡毒的字眼，一夜到天亮罵不停。

陳貞從娃娃的小衣櫃拿出小鐵盒，取出裡面小碟子和小針，將小碟子放在歡歡前，她毫不遲疑，忍痛將針刺入手指，對著小碟滴血，口中不斷囁嚅著，歡歡，幫媽媽，在痛楚中，她一邊回想大學時，泰新總是在大廳等她下課……

夜裡，陳貞做了一個夢，夢中她恢復過往的美貌和身段，泰新待她貼心如舊，共同養育女兒。女兒皮膚白皙，皓齒紅唇，如同歡歡一樣，陳貞開心著，笑著，幸福就快來臨。

3. 歡歡

「瑞秋，這些公文連基本的格式都錯，怎麼沒看就送出去？」泰新煩悶地翻閱桌上的文件。

說也奇怪，原本泰新痴迷瑞秋纖細妖嬈的肉體，但近日卻覺得索然無味，甚至感覺像一口氣吃下油膩肥肉的噁心感，對於瑞秋的工作效能更是大為不滿，錯誤的會議時間讓廠商們抱怨連連，甚至還寄錯訂單資料。泰新埋怨自己當初是鬼迷心竅才請花瓶進公司。

「陳董，不然你跟我說說該怎麼改。」瑞秋嬌氣地說，她風情萬種地從椅子上站起，緩步至泰新身旁。

最近她也有感泰新驟然轉變的態度，但細想，泰新似乎也沒和哪位女員工特別接近，也許只是自己多心。

「不要拉拉扯扯，在公司有人看到不好。」那些性感暴露的衣服，在泰新眼中突然變得粗俗不堪，精品的專櫃香水，聞久也是刺鼻俗氣，像個檳榔西施。

他默默滑開電腦椅，保持距離。

「好啦，你跟瑞秋說，瑞秋改，今晚要不要去……」桃紅的水晶指甲輕撫泰新胸口。

通常禮拜六他們都會去市區的摩鐵共度春宵，但泰新今天卻顯得意興闌珊，當然也沒提前訂房。

「我今天人不舒服，先回家，改天再去你那。」泰新安撫性地拍拍瑞秋的手背，明顯敷衍。

「陳董，不舒服還是可以來我家，我們叫外送。」瑞秋以娃娃音的腔調說，並試圖坐在泰新腿上。

「我今天真的不舒服，先回去，乖，別鬧。」泰新再次推開瑞秋，劃出上下屬的距離，倏然驚覺瑞秋的糾纏令人厭煩，跟乖巧聽話的妻子差距頗大。

想到陳貞，就想到快一個禮拜沒回家了。

「你回去家裡也只剩那隻老肥雞，不如來我家，瑞秋今晚想……」瑞秋不死心，繼續抓著泰新手臂。

「瑞秋，這裡是公司，你別太過份。還有，我說過不去，別讓我講第二次。」泰新不耐地揮開她的手，下最後通牒。

瑞秋委屈地努著嘴，泰新以前都是百依百順，最近對她真是反常。

就像反射一樣，時間一到，泰新的車便直駛回家，剛踏入家門，便聞到熟悉的飯菜香和鍋鏟霍霍的聲響，讓他憶起初接手父親公司的拼搏歲月，以及他和陳貞的新婚時光。

陳貞看見泰新歸來，便笑吟吟的從餐桌椅上站起說：「怎麼不提早告訴我你要回來，我就準備幾樣你愛吃的菜。」

「沒關係，你煮什麼都好吃。」難得地，他溫柔的回應。

泰新心想，是啊，陳貞一向精通廚藝，能燒一手好菜，還記得以前陳貞幫他準備的便當，色香味俱全的佳餚總讓辦公室的員工們讚嘆不已。

但泰新沒發覺，餐桌上早擺放明明實實的三雙碗筷。

「先來擦手吧。」陳貞恭敬地遞上了小毛巾。

泰新看著陳貞圓嘟嘟的臉頰，想起了她大學曾是風雲人物，出名的校花呢！當時牽著她多意氣風發，現在看著看著，那張雙下巴的胖臉就浮現過往秀麗的輪廓，那是他迷戀過的面容。

泰新坐了下來，陳貞連忙挾菜添飯，溫柔體貼，跟嬌氣的瑞秋天壤之別。他想起陳貞如此賢慧，自己卻背棄了妻子，一陣愧疚感油然而生。

驀然，泰新抓住陳貞的手說：「這些日子你也辛苦了。」

陳貞微笑，迎接先生久未施捨的體貼。

夜裡，泰新入睡後，陳貞輕悄悄走出房門，赤足步上頂樓加蓋，深怕驚醒泰新。

「歡歡，這都要感謝你，我的好孩子。」陳貞抱起洋娃娃，滿是憐愛。

多虧歡歡，泰新已經很久沒像今天一樣平心靜氣的說話，平時多是嘲諷鄙夷，自從瑞秋出現後，更是變本加厲。

想到瑞秋，陳貞心底的恨意熊熊燃起。

「歡歡，你記住，千萬不要讓那爛女人搶走爸爸，這是我們的家。」陳貞怒不可遏，面目猙獰，雙目突出，與剛剛溫柔婉約全然不同。

接著，她執行每晚的例行公事，拿起小衣櫃的鐵盒，小針和碟子，再次滴入自己的血說：「好孩子，幫媽媽，媽媽什麼都給你。」

陳貞抱起娃娃，唱起：「美麗的美麗的天空裡出來了／光亮的小星星／好像是我媽媽慈愛的眼睛／媽媽的眼睛我最喜愛／常常希望我做個好小孩／媽媽的眼睛我最喜愛……」她是多麼希望有一個完美的家庭。

4. 古曼麗

剁——剁——剁——

沉重、頻繁而規律，是菜刀撞擊砧板的聲音。

陳貞正手持菜刀分解砧板上的牛肉，極生鮮，還滲著血，淌出砧板外。

她像職人般專注分割著生肉塊，照著烹飪書，選用肋排肉和腰內肉，再搭配逆紋切法，將使肉品保有軟嫩。

而後，她熟稔的分割出脂肪、結締組織，再將生牛肉塊裁切成一口大小，適合孩童食用。

這時手機鈴聲響起，是她最愛的歌，方瑞娥的〈愛著愛到死〉：

我為著咱的愛情
不願來犧牲自己
有什人會得通瞭解
愛情的真理
我愛你你嗎愛我
有什人敢來拆分開
咱兩人為著真情意
愛著愛到死

這是她最喜愛的歌，愛一個人就該愛到入骨，血肉相融，說變就變的愛是膚淺的。

她慢條斯理地洗去手上的血漬，擦手巾抹去水漬後接起手機。

「陳貞，還順利嗎？」珍妮佛問。

換算陳貞收到娃娃已經超過兩週，期間內都未曾聯絡過她，這讓珍妮佛有些擔心，會不會陳貞失控了。

這些東南亞的娃娃神其實是早夭的嬰靈，男的稱古曼童，女的稱古曼麗，原本是龍婆大師們慈悲心，將嬰靈召喚入娃娃內，持咒打開三十二處關節，贈與有緣人，期望小孩們幫助供養者，接受人間香火、行善事、早日投胎，泰國稱之為金童子，許多商家供養未曾出事，可一旦遭有心人士利用可就成了小鬼。

「很好啊，寶寶很乖。」她微笑說。這點倒不假，泰新最近準時回家，陳貞頗滿意。

「喔……那就好，不過，我還是要提醒你，我知道你急，但古曼麗都只是可憐的孩子，不要餵血餵肉，不要誤了祂們的修行。」珍妮佛回想起陳貞那時求牌的表情，偏執地像拿著一塊腐敗的肉誓死不放，這點，她在多數失婚、失戀的女性身上都看到過。

「我知道。」電話那端的陳貞翻了翻白眼，笑了笑，手猶留血腥味。

「這尊跟其他的古曼麗不太一樣，用料、製作比較複雜，法力較強，要是走偏恐怕無法收拾，確定都沒問題吧？」如同正常的孩子出生本無善惡，通常受供養者影響。

「哎喲，你別操心了，我跟歡歡相處融洽，她是個乖孩子，我還有感應到她呢。」

「什麼樣的感應？」珍妮佛隱然不安，她似乎聽見緹瑾竊笑的聲音。

在靈體感應力上，緹瑾的敏銳度高她許多，只要任何邪念靠近，緹瑾就會從心裡竄出，裡應外合。

「呃……我有聽到她的聲音，也夢過她，瘦瘦小小的，比我矮一點，很愛撒嬌討東西吃呢！」陳貞開心的說。

「比你矮一點……」如此具象實為少見。珍妮佛努力回想那尊古曼麗，卻似有一團黑霧擋住。

望一眼時鐘，陳貞一改從前向珍妮佛求取古曼麗的卑微姿態，敷衍說：「我不能再跟你聊了，先準備晚餐去。」不等對方回話，她斷然地掛上電話，哼著歌，捧著血淋淋的肉盤步上頂樓加蓋。

另一端的珍妮佛放下手機後痛苦的呻吟著，越是回想，越是頭疼，她緊抱著頭，不斷唸著甘露明王咒，驅除緹瑾猖狂的笑聲。

5. 第三副碗筷

自此那天起，泰新就像著了魔般，下班時間準點一到，他便目光渙散站起直直走向停車場，對旁人的叫喚全無反應，逕自開車回家。哪怕瑞秋軟硬兼施，仍阻止不了他回家見陳貞的慾望，家裡彷彿有個巨大的磁鐵緊緊吸引著他。

咚——咚——

「你……有沒有聽到，彈皮球聲音？」泰新放下碗筷，眼神飄向天花板狐疑問道。

「沒有啊。」陳貞篤定地回答，一邊挾菜到泰新的碗裡，「高麗菜正當季，你多吃點。」

泰新皺著眉頭咀嚼著菜餚。

但沒過多久，怪聲便又接二連三而來。

嘻——嘻——

「欸，你有沒有聽到笑聲？像是小孩在笑？」泰新放下碗筷，這次他很確定，聲音明顯從客廳中央傳出。

「沒有啊，你一定是太累了。」陳貞莞爾一笑。

泰新雖有懷疑，但客廳空蕩蕩，僅有新聞報導的人聲從電視傳來。

但用完餐後，他實在忍不住，對著陳貞洗碗的背影說：「老婆……你不覺得家裡最近怪怪的？還有你為什麼每次都要多擺個碗筷，洗著多麻煩。」

「我聽說多放一副碗筷可以回報先人，你知道我三姨媽一直對我很好，我先幫你放洗澡水。」陳貞胡亂搪塞著，快步走向浴室。

她當然不會說多的那副碗筷是要給歡歡的。

泰新帶著懷疑進了浴室，洗完澡從水氣氤氳的浴室步出時，他卻看到陳貞在沙發上喃喃自語，聲音細細碎碎，隱約聽到「不要調皮了」「乖」等字句，表情時而笑，時而怒，詭異至極。

「老婆，你是在對誰說話？」他寒毛直豎，太太病態的行為越來越嚴重，配上她日漸青白臉色，頗嚇人。

「喔，我在念大悲咒，迴向給三姨媽。」陳貞回頭對他說。

他看著妻子眼眶下的黑青色，慘白的臉色，緊張地吞了一口口水，他懷疑再這樣下去，他很快需要唸經迴向給妻子了。

陳貞瞟一眼泰新後，便又繼續摺起衣服來。其實她比泰新更早發現異狀，自從誠心供養歡歡的隔天，屋內開始出現小孩笑聲、彈皮球、跑步聲，只是對比泰新的擔心恐懼，陳貞反而開心，因為那些聲音代表著歡歡是真確地存在，而泰新的回心轉意，更顯現歡歡的法力強大，她夢想的美滿家庭藍圖指日可待，她期盼著。

隨著異狀出現次數逐漸頻繁，泰新也漸覺事有蹊蹺，妻子的解釋固然部分有違常理，讓他半信半疑，但對此，他是愧疚的。他想，也許是因為不孕和外遇擊垮陳貞，她已經多年在身心科就診，再加上近日與陳貞親密的三姨媽去世，病情加重也是情有可原。

只是……小孩笑聲和頂樓的腳步聲，他確實聽見，揮之不去的疑惑，促使他決定要趁陳貞不注意的時候上頂樓探究竟。

聽到陳貞轉開蓮蓬頭發出的灑水聲後，泰新立馬起身快步走上三樓。

頂樓加蓋的鐵皮屋，當初建造的目的僅是作為堆放雜物的倉庫，當然沒有燈具照明等設備。夜裡的田中郊區，鄰居也大多早早入眠，使得泰新走到三樓後，僅能靠著幽暗的星光和印象尋找鐵皮屋入口。

摸索一番，他終於摸到門把。

咦，門居然是反鎖的，怎麼可能，這裡只是家裡的倉庫，門怎麼會被反鎖？泰新轉動門把的力道加強。

難道陳貞在家裡頭藏人？所以頂樓才不時傳出腳步聲、笑聲嗎？若是這樣一切都明朗化。

「是誰在裡面？出來！」泰新粗魯猛力地拍打房門。

砰砰砰的敲門聲在夜裡迴盪著，在幽靜的鄉間顯得刺耳可怖。

倏然，門後傳來急切的腳步聲，更讓他確定頂樓加蓋內有人，他想知道是誰潛藏在暗處。

嘶——門緩緩開啟。

一股腥臭味從門縫中竄出，黑暗中，他隱約看到一個女人在門後與他對覷著，說是對覷也不全然，因為那女人似乎沒有眼睛，僅是兩個窟窿，但也有可能是夜光隱微造成的視覺誤差。

當泰新正想開口說什麼時。

「你在做什麼！」陳貞大力地拍了他的背，惱火看著他，頭髮還溼漉漉滴著水，明顯剛從浴室趕著出來，頭髮都來不及吹乾。

那惱怒的表情是泰新從未見過，太太一向溫順，對他說話也總是輕聲細語。

「不是啊，這裡有……」泰新想說鐵皮屋裡有人，但一回頭門根本就沒開，更何談有人。

陳貞瞇著眼質問：「你沒事上來幹嘛？」

「我想說有怪聲音，上來看有沒有老鼠。而且，門怎會上鎖了？」

「沒上鎖，是門把壞了，還沒叫師傅來修。」陳貞回答，手拉著泰新衣袖下樓。

泰新鮮少看陳貞這樣強硬的態度，再加上剛被門後的女人和老婆出格的情緒嚇得腦筋一片空白，他也不再多說，轉身走回二樓。

陳貞則望著門口，心想，她從來不曾鎖過門，但看來，以後勢必得加裝鎖，她並不想讓泰新發現歡歡的存在。

深夜，泰新睡得正酣沉，陳貞則一如往常地打開頂樓加蓋房門。毫不受屋內腥羶味影響。她一把溺愛地抱起娃娃，笑著說，寶貝以後不可以再調皮，照舊梳理起娃娃的頭髮、餵血、唱起兒歌。

朦朧中，歡歡的形體逐漸清晰，興奮地窩在她懷裡舔舐著鮮血，那吸吮的力道，讓她錯覺懷裡抱的不是洋娃娃，而是真實的女童。

至於泰新說的樓上的女人，似乎也不是那麼重要了。

6. 登門入室

「陳泰新，你說什麼？」瑞秋張大嘴，她無法壓抑內心震撼，之前唯命是從的裙下臣，竟然主動提出分手。

「瑞秋，我們都是大人了。不然，你開個數字吧。」對於眼前的女人，泰新擠不出一絲感情和憐憫，他也無法理解自己可以轉變地如此快速、無情，但就是對瑞秋厭煩了。

他疲憊地閉上眼，不敢與瑞秋對視。

「是不是那隻老肥雞在吵？你怕她不成！」

反常地，泰新正色道：「不要動不動就罵人老肥雞，她也是你上司的太太！老實說，沒有她，我們遲早也會分開，這些日子你也沒吃虧，開個價，當我補償你吧！」

「不，我不會答應。」瑞秋咬著牙，憤恨離去。

她坐進泰新送她的車內，頭倚在方向盤上沉思，回顧泰新近日的改變，沮喪、失望、憤怒的情緒接踵而來。

她左思右想一定是陳貞那女人搞的鬼，畢竟全公司的女職員全畏懼著她，沒人敢打泰新的主意，一定是陳貞用了什麼方法……

她一改人前嬌豔柔美的容顏，面目猙獰，怒不可抑地咒罵起髒話。

老肥雞，我不會讓你好過！她發動引擎，車一路駛向田中郊區。

「叮咚——」

陳貞放下懷中的歡歡，順著樓梯往一樓方向前進。

「叮咚——叮咚——叮咚——」

「開門！老肥雞我知道你在裡面！」

不需要從門縫窺探，即能知道來者是破壞她婚姻的始作俑者，她都還沒找她算帳，小三居然忝不知恥直接找上門。

她深吸一口氣，腦中編派開門後咒罵瑞秋的字眼。

超乎預料的是門打開後，瑞秋率先飛速地甩陳貞一巴掌，打得陳貞措手不及，臉上印出紅色手印，慢慢浮出一條條被瑞秋水晶指甲刮傷的痕跡。

「老肥雞，你下了什麼咒！破壞我跟陳董！」瑞秋豔紅的嘴唇破口大罵。

陳貞錯愕，她雖然日以繼夜不斷咒罵瑞秋，但本人出現時她卻被強勢的氣場震住，嚇到一句話都說不出口。

「你破壞別人家庭，還有臉……」她支支吾吾地說。

陳貞話還沒說完，瑞秋接著又是一個巴掌，力道之大摔得體重近百的陳貞頓失重心，身體傾向左側，肥大身軀撞倒鞋櫃，自尊和鞋子全散落一地。

「老肥雞，我是來警告你，別再來搞破壞，下次沒這麼簡單。」瑞秋惡狠狠地叫囂後，還往地上的陳貞臉上狠狠吐上一口痰。

出一口惡氣後，瑞秋頭也不回走回車上。

自小生活單純環境的陳貞，怎會是在酒店打拚出身瑞秋的對手。陳貞只能撫著臉，默默站起，將鞋櫃扶正，鞋子物歸原位，卻越覺得自己卑微可悲；身為元配，白白被小三登堂入室呼兩巴掌，連反擊的餘地都沒有。

她整理完後，走回客廳，坐在沙發上為自己的窩囊膽怯放聲大哭。忽然，她急忙跑至三樓，抱起歡歡，止不住的淚全滴落在娃娃臉上。

「歡歡，你要幫媽媽，媽媽什麼都願意給你，只要你讓那壞女人消失！」她發誓要回報瑞秋給她的屈辱，這些年所有的不甘心、委屈，全都要加倍奉還。

她現在不只要丈夫回來，她還要瑞秋澈底消失。

瑞秋關上車門，如釋重負地鬆了一口氣，適才的盛氣凌人瞬間瓦解，素來大膽的她，回想起剛陳貞望著她的陰沉神情，仍然餘悸猶存，她強迫自己鎮定。

原以為泰新的轉變跟陳貞有關，才在盛怒之下跑來找陳貞興師問罪，但開門後，她驚覺陳貞與之前判若兩人，那浮腫的面容，透出灰暗的陰霾，皮膚白裡帶青，渾身散發兇戾之氣，讓她聯想起小時候看過棺材中祖父的遺容；那不是常人該有的氣色，那叫死人白。

喘息間，靜謐的後車廂忽然傳出一聲呻吟，打破她的思緒。

她意識到後座有人，屏住呼吸，緊握方向盤。

瑞秋皺著眉頭半晌，沒有回首的勇氣，最後她偷偷地藉由後照鏡的反射窺視後座。見後座沒人，她放鬆了肩膀，笑自己多心，發動引擎，準備上路。

卻未發現，在後視鏡照射範圍之外有個穿白色洋裝小女孩坐在後座，含著大拇指看著她。

7. 活體

瑞秋的挑釁讓陳貞起了殺意，當初拜求娃娃神的目的只想獲取丈夫多點注視、關愛，但隨著泰新規律返家，她發現祭拜娃娃神竟然能讓她輕鬆成願，自然貪婪地想要更多。只是眼下，即便供血、餵生肉給歡歡，效果也只有頻繁的怪聲、房間內朦朧的影子。泰新的準時返家已無法滿足她願望，她需要更多更厲害、更快速的方法，好澈底讓泰新擺脫瑞秋。

求珍妮佛？罷了，她只會說陰牌不好，多多行善之類的廢話。要是行善那麼有用，自己不僅沒做過壞事，還時常捐款給兒童福利基金會，怎還會淪落到婚姻不順、不孕和遇見瑞秋這種煞星？這社會靠的是力量，不是善念，她有自信可以控制歡歡，了不起事後再多做好事積陰德。

每當她心中燃起兇惡的報復念頭時，耳邊就好像出現一個發紺藍青色的嘴唇，喃喃細語說著：「只要給的更多，就能願望成真。」鼓吹她走向毀滅之路。

她深信只要掏心掏肺、全然的供養，願望都能成真，因此日不間斷的籌謀如何提升歡歡的靈力，四處購買增加古曼麗靈力的法器，搜尋獻祭的方法；那些珍妮佛沒教她的凶險法事，她也略知一二，開始自覺是大師。

今日，時機便來了，泰新北上開會，預計將留宿台北一晚，正好適合陳貞祭祀求願，所以當泰新前腳踏出家門，陳貞急忙叫了輛計程車，火速趕往傳統市場。

市場人聲鼎沸，叫賣聲此起彼落，空氣充斥各樣血肉、家禽、烹煮食物等雜味，全攪和在髒亂不通風的空間內。

陳貞順著血腥味走到市場內部，最後佇立在販賣禽肉的攤販前。她盯著一籠又一籠不停咯咯叫的活雞，嘴角揚起微笑。

十幾隻雞全被迫擠在一個小籠，雞首羽翅皆無處伸展，甚至與排泄物共處一室，空間狹小擁擠，地板潮濕髒亂，混著屎臭、血腥味。旁邊還懸掛著死去的雞屍，還有即將被肢解的雞，而籠內的雞隻們像預知垂危未來般，不停聲嘶力竭地求救著，毛羽紛飛。

她喜悅的表情引起商販的注意，雖然覺得客人笑容詭異噁心，他仍換上職業笑容招呼，「有剛殺好的，保證新鮮。」

陳貞看了看商販身上那件沾血的灰白吊嘎背心，陰沉笑說：「不用，我要活的。」

深宵，鐵皮屋內，歡歡坐在特製的小沙發上，在陳貞血肉的供養下，歡歡的外表已不再是單純娃娃樣，原本身上的咒語隨著反覆擦拭而消逝，白色的衣物沾染血漬，越發越像個邪靈。

擺放在歡歡面前的是一盤盤的生肉和血淋淋的內臟，一顆顆請願塔香焚燃，一盞盞酥油燈燭火搖曳，房內煙霧繚繞，角落的雞不安的張望，瀰漫著陰森氣息。

陳貞反覆吟誦著古曼童心咒，增強與靈體的連結感應，隨後拿起木桌上的古曼靈力油，塗抹在歡歡身上，再拿起小刀，咬牙忍痛劃著手腕放血。

很快地，黑沉沉的鮮血滴滿小碟子，她虔誠地雙手捧至歡歡面前。

布滿刀痕的手腕，因為腦海裡勾勒出的完美家庭，痛楚也帶有甜蜜感。想著想著，蒼白的臉溢出幸福的光彩，有如殉道者般聖潔的表情。

但取血、焚香又算是什麼？有什麼是比性命更貴重的祭品呢？藍青色的嘴唇靠在她耳旁，蠱惑人心的語調問著：你想要那賤女人永遠消失嗎？你想要先生回到你身邊嗎？那這點就還不夠。

陳貞茫然站起，不管手腕還淌著血，拿起菜刀，走向雞籠，打開籠蓋，敏捷迅速地抓住雞脖子，拖往歡歡面前，雞像預料到死亡般，發出驚恐的啼叫。

同一時刻，遠方的珍妮佛猛然從床上坐起，她冒著冷汗，不斷釐清不祥的預感從何而來。

怎會呢……她感覺體內緹瑾的狂喜，也微微感應到某處靈體的惡念在壯大，只是尚辨識不出夢裡做法的女人是誰，是哪一個客戶呢？她快步走至客廳，跪在玉佛前唸著心咒，希望恢復心境澄明。

8. 洗衣機

瑞秋懶洋洋地躺在king size的雙人床上，這裡曾是泰新為她精心打造的溫馨小房，所有的家具、家電、寢具皆依她喜好挑選，連床罩還特別選用義大利寢具精品品牌，紗支數高達六百條，所費不貲。

如今卻獨缺男主人，讓穿著性感睡衣的瑞秋顯得格外諷刺。

已經快兩週沒見，泰新除了避而不見外，還刻意將她職務調動到業務組，似乎分手心意已決。

瑞秋瞧著手機中她和泰新的合照，終於明白何謂棄婦，郎心狼心。

「我們就要這樣結束嗎？」瑞秋傳送簡訊。她不甘心到手的大魚莫名掙脫，不想再回到酒店的日子，泰新是她通往富裕生活的一扇門。

簡訊快速地回覆，「還沒結束」。

瑞秋重燃希望，再次送出訊息，「那你什麼時候過來找我？」她就知道憑她手腕，泰新怎麼可能輕易掙脫，當初他可是深深迷戀她。

簡訊再次傳來，「現在」。

瑞秋展露笑顏，急切地從床上坐起，移步坐在梳妝檯前，拿出化妝包拼命補妝，遮掩近日因睡眠不足的氣色，看來金主還是捨不得她的。

突然間手機的簡訊聲不停響起。

嗶嗶——嗶嗶——嗶嗶——

一封又一封，不停發送著，簡訊瘋狂轟炸。

她轉身拾起手機，一瞧。

「我要你死」

「我要你死」

「我要你死」

「你去死」

「你怎麼還沒死」

什麼鬼啊，瑞秋嚇得將手機擲向床上。

泰新要她死？怎麼可能，就算分手，也用不著要她死吧！太過分了。她含著淚，夾雜著憤怒情緒，再次拿起手機撥打給泰新，講個清楚明白。

嘟嘟——嘟嘟——

連續打了三通電話才接通。

「我在家裡。」泰新在陽台輕聲回話，他並不想讓太太發現，他最近莫名地畏懼陳貞。

「你要我死？你一點都不顧情面？分手不夠，現在又要我死？為什麼傳那些話叫我去死，你做人怎麼這麼不厚道！」瑞秋開頭先是一陣怒罵，夾雜三字經。

「你在胡說什麼？我剛沒有傳簡訊。還有我在家裡，你不要再打電話來。」語畢，他唰一聲快速掛上電話，他看見陳貞正透過穿衣鏡的折射偷偷觀察他，妻子如鬼魅的神色，不知何時已經澈底掌控他。

電話一端，瑞秋完全傻住，那……剛是跟誰傳訊息？滿腹疑惑，她突然憶起陳貞淩厲可怖的眼神。

但她的困惑並沒持續多久，突然，一陣轟隆巨響打破她的思緒，也讓她著實受到驚嚇，她拍著胸口，要自己別嚇自己。

聲響傳自陽台的洗衣機。

瑞秋拿起衛生紙抹去眼淚，走到陽台察看巨響的來源。

掀開洗衣機機蓋，她舒了一口氣，原來是直立式洗衣機清洗衣物過多打結，造成無法攪動。於是她拿起整坨打結的衣物，一件件分開放置於洗衣籃內，而後，她正準備將衣物再次放回洗衣機重新清洗。

她忽然看見洗衣筒槽內漂浮著一顆頭，長髮糾結，雙眼凹陷、臉孔慘白青藍，嘴巴張大。

瑞秋尖叫，向後退，稍冷靜後便咒罵連連，再向前察看，洗衣機只剩寥寥幾件衣物，根本沒什麼人頭。是錯覺嗎？今晚似乎不是一個祥和的日子，她也不管衣服散落滿地，迅速離開陽台，抓起包包向外衝，這屋子反正她今天是不住了。

她開著車，在街上尋覓今晚的落腳處。

自從那天去陳貞家後，她每日提心吊膽，總是疑神疑鬼誰跟著她；夜裡，也因為感受到來自床尾的目光而無法入睡。她懷疑，也許自己已經精神耗弱，而今天收到的不知名死亡威脅簡訊，還有清晰的洗衣機人頭……全都無法用科學解釋。

太可怕了，她想結束這一切，她感覺理智踩在瘋狂邊緣，這樣下去，遲早會發瘋。

放棄泰新吧，明天就辭職，回雲林老家。瑞秋打定主意，以前在乎的東西全都可以不要，保命要緊。她將車停靠在路邊，步入一間旅店，這已經是今天的第三間了。

「抱歉，都客滿了。」旅館櫃檯人員致歉。

「那……你知道這附近哪裡還有空房嗎？」找了好幾間飯店，在平日卻出奇的客滿，她滿臉疲勞，體力幾近耗竭。

「後面的巷子有間旅社，如果你不介意老舊，我幫你問問。」房務員說。

「麻煩你。」凌晨一點，現在只求安身，明日再做打算。

半晌，櫃台人員說：「有喔，還有一間，前面有收費停車場，從停車場左邊的巷子過去就到，很近。」

「謝謝。」

瑞秋將車停在停車場後，一手撐著黑色小雨傘，一手拎著提包，拐入停車場左邊的小巷。

她走入巷內，思忖著，這裡居然沒有紅外線感測照明，暗巷的能見度僅三公尺，幸好前方透著點點燈光，表示巷子並不長。

杳無人煙的暗巷內，突顯滴答的雨聲格外清晰，濕冷的空氣湧入呼吸道後令人哆嗦寒顫，兩旁住家早已入寐，悄然無聲，一片死寂，只剩她高跟鞋敲打地面的嘎嘎聲響和清冷的雨滴聲，在夜裡迴響著，滴答滴答……

沒來由的，一種熟悉的感覺再度湧現……她想起陳貞的家，想起車廂內的呻吟，想起詛咒的簡訊，想起洗衣機的人頭，她知道有什麼不對勁。

她加快腳步，邊默念佛經，意圖早點走出暗巷。然而，身後的腳步聲也跟著急促襲來，緊緊跟隨，逐漸加快。

她驚覺身後腳步已快追趕上她，這幾日高壓的情緒潰堤，她猛然回頭大喊：

「誰？」

她多希望後頭什麼都沒有，是自己多心，或是一條狗或老鼠之類的。

但看到的卻是一個身著屍衣，滿身傷痕、血跡的女人正飛快朝她狂奔，向她張牙舞爪而來，憤怒咆哮著不知名語言。

她大聲驚叫，將傘和提包全扔向祂，轉身雙腿使勁奮力奔跑，腎上腺素噴發。就快到巷口了，到巷口便有燈有人，到時就有人能救她，可是怎麼短短十公尺的距離，卻像延長般讓她跑了十分鐘，巷口變得好遙遠。

她知道自己快被身後的女人追上，甚至感覺到對方已經拉住她的頭髮。再使勁點，奮力一蹬，最後她衝出巷口時，刺眼的車燈讓她睜不開雙眼。面對突然從巷內衝出的女人，司機根本剎不住車，一聲撞擊聲後，瑞秋當場直接被輾斃，皮開肉綻，器官混成肉泥。

在打坐中的珍妮佛陡然睜開眼，她看見那做法女人的面孔——陳貞，還有被毀去修行的古曼麗嗜血的微笑，她拿起手機。

電話一端傳來陳貞虛弱的聲音，「喂……」

「你對古曼麗做了什麼？那都是可憐的孩子啊！」珍妮佛激動不已。

「我會好好對祂的，願望達成後我會好好供奉歡歡。」

「你在傻什麼？控靈這種事不是你願意供奉就好，當祂力量大於你時，是祂要拿你什麼便拿什麼，不用你允許。你快點回來佛牌店。」珍妮佛焦急吼著，她感覺暗處的緹瑾正興災樂禍，等待看場好戲。

陳貞辯駁著：「歡歡才不會害我，我是祂媽媽，我……」

「所有的事都是等價交換的，我早告訴你了，你許了什麼願，就要拿什麼去還願，一命抵一命。」珍妮佛想起母親和男友，眼底起了一層霧。

「我是餵了點血而已，哪至於一命換一命？你說的太嚴重了，只不過是雞鴨畜牲之類。」

珍妮佛聲音反而轉為低沉，「你想得真美，又不是普渡，鮮花素果三牲，祂要的絕對不只是那些，那已經不是古曼麗了，必須要特別處理，你先……」

「歡歡不會這樣……」陳貞話還沒說完，一雙沾滿血的手撫著她的小腿肚。

她低頭向下看，一個小女孩以童音說著：「媽媽我餓了。」貪婪地望著陳貞，舔了舔嘴唇。

陳貞像著魔般對著手機說：「我要去忙了。」便終止通話。

9. 頂樓

「好可怕喔，聽說被撞得稀巴爛。」

「豈止爛，被輾成肉泥。」

「她……兇歸兇，但這樣的死法也太慘了。」

「肇事者也好可憐，誰知道她為什麼突然三更半夜從巷子衝出來，根本剎不住車。」

女同事們你一言我一句在茶水間內八卦著瑞秋的死訊。她的死亡在公司引發一場不小的騷動；老闆的情婦慘死，是元配買兇殺人？還是自殺？各種不同的版本在辦公室內流傳著。

泰新則在董事長辦公室內發愣著。瑞秋身故後，他做任何事都力不從心，內心充斥著謎團，想不透瑞秋為何半夜出現在市區，回想她平日為人，怎樣都不像是為情自殺的人，而最後通電話時她惶恐的語氣，說著他詛咒她去死……

辦公室門口的祕書放下電話，焦急地說：「董事長，醫院打電話來，說夫人在路邊昏倒，現在在醫院急診室。」

沒時間多想了，泰新點點頭，「下午會議延期，先叫小劉載我去醫院。」

抵達急診室後，他還未細看妻子的面容，便被醫師叫至走道上病情解釋。

「你太太今天中午在市場門口暈倒被送來，抽血報告除血紅素外都正常，但血紅素只有5，遠低於正常女性11。看來是因為貧血暈倒，目前無大礙，現在輸血治療中。」醫師說。

「謝謝，不過……她為什麼會突然貧血？我看她吃的都很正常啊。」泰新皺眉。

「我也想問你，你有發現你太太最近有什麼異狀嗎？她身上有一些傷口……」醫生試探性的問，目光掃射泰新的表情，評估著有無家暴的可能。

「她……這陣子偶爾會情緒不穩，自言自語，但其他好像都還正常。」泰新回想近日陳貞的行為，詭譎恐怖，但他又找不到證據。

「既然如此我會安排身心科的照會，你們家屬盡量多觀察、陪伴，不要有什麼尖銳物品在她旁邊。」

「謝謝。」

辦完住院手續，泰新一行人轉至ＶＩＰ特等病房。他看著陳貞浮腫蒼白臉龐，病人服外顯露大大小小的傷痕，思考著醫生的暗示，妻子會不會有自殘傾向呢？結婚多年，時至今日，他發現他根本不瞭解枕邊人，是他疏於照料，還是她變了？

陳貞徐徐甦醒，映入眼簾的是粉紅色的圍簾，右手扎了針，身上黏著各式機器，護理師在旁熟稔地換著血袋。

「你醒了，有沒有不舒服？」泰新向前慰問。

「我……」陳貞只覺得頭整個發脹，昏沉沉。

「你昏倒在路邊，被送來醫院，說是貧血。」泰新拍拍她，「有什麼話以後再說，好好休息。看護已經來了，我先回去準備住院的東西，晚點回來。」想到陳貞異常情緒和自殘行為，泰新忍不住輕聲細語的溫柔起來。

原本氣若游絲的陳貞突然激動得睜大眼睛，抓住泰新的手，「等……等一下，你別回去！」

「我回去拿個東西，馬上回來，你別緊張。」泰新笑笑，拍拍陳貞的手。

「不……你別回去。」陳貞表情驚恐。她想起珍妮佛的話，不是那些雞鴨牲口，那是要拿什麼還呢？

「別孩子氣，好好休養，我拿個東西就回來，總要換衣服吧！」泰新不由分說，拿起外套，走出門口。

她絕望地搖搖頭，望著泰新的背影做最後的企求，「那……那……別去頂樓。」她不確定泰新是否有聽到。

原本以為瑞秋的死訊會讓自己快樂，但在如願後，陳貞只覺身體彷彿被抽乾一樣。瑞秋死後她的日子也沒特別改變，學生時期泰新眼中炙熱的目光早已不復存，現今僅剩責任維持的婚姻，就算沒了瑞秋，難保未來又會出現多少個瑞秋呢？

更令她擔憂的是歡歡，日漸成長的靈體，過去一直視為圓滿家庭的寶物養著，那天卻以實體顯現討血喝，貪婪嗜血的模樣挾帶巨大魔力，教唆她走進廚房，劃下一道道傷口，即使倒滿好多碗，祂卻仍不滿足說著：媽媽我還是好餓……

想到丈夫的安危，她巍顫顫地拿起手機，「珍妮佛，救我。」

老舊的鐵捲門捲起，發出刺耳的金屬碰撞轟轟聲，泰新將車駛進一樓車庫。

他將車停在一樓，如往常般步上樓梯，走進二樓臥室內，隨意拿起印有超市Logo的紅色購物袋，塞進盥洗用具和幾件換洗衣物，前後不超過五分鐘。隨後，他提著購物袋走出房間，準備步下樓梯到車庫。

就在他轉身時，突然瞥見三樓方向，那幽暗、隱密的樓梯，每次妻子總殷切乞求，百般阻止他去的三樓，是否藏有不可告人的祕密呢？而今天，不就是他一窺妻子祕密的大好機會？

擋不住的好奇心，他匆匆將購物袋扔進車內後座，再次踏上台階。

走到頂樓，一陣寒風吹得他牙齒直打顫，他掃視PANERAI錶一眼，現在才六點，天色卻如此昏暗。

他嘟囔著，還早，是真有鬼不成，怕什麼呢？他轉了轉鐵皮屋門把，這次很順利的，沒有上鎖，於是門開了。

一陣濃重的腐敗腥臭味撲鼻而來，他作嘔掩鼻。耳旁傳來嗡嗡聲，他一掌巴下，手心隨即傳來黏膩感，估計可能是大蒼蠅還是蚊子之類。

照著腦海中對鐵皮屋擺設的印象，他找到電燈開關。

啪——一聲，妻子的祕密攤在眼前。

他瞠目結舌，眼前畫面直毀他三觀。

十坪大的鐵皮屋，擺放著許多零碎紙箱，地板布滿乾涸的黑色血漬，角落多了一只雞籠，兩隻奄奄一息的雞垂頭喪氣，旁邊擺著一個半掩蓋的紅色塑膠桶，隱約可瞧見裡面的濃稠液體，桶子旁有一個黑色大塑膠袋，包裹不知名形狀的物體。

最駭人的就屬房間正中央的木桌，上頭擺放一個半開放式的小洋房，前面有塔香座、燈座、還有作用不明的小碟子，小沙發上有個染血的醜娃娃，目光炯炯有神正看著他。

泰新不可抑竭的憤怒和恐懼，「幹！是瘋了嗎！在家搞這種東西！」原來太太真的瘋了，在家搞起邪教來。他怒罵著，決定明早要請祕書找清潔公司澈底清理。

忽地想起瑞秋莫名的死亡和那天門後的女人，恐懼感便以各種不同形式侵蝕著泰新的理智，他則以憤怒回應。

「幹！搞三小！」泰新一腳踹翻木桌，桌上法器、娃娃房、迷你家具全應聲而倒，包含娃娃。他看得一肚子火，一腳踹向娃娃。

接著他邊走邊下樓梯，沿路不停罵三字經。這世界瘋了，瑞秋意外死亡，太太自殘，家裡頂樓像擺神壇一樣。

「幹！」他邊下樓邊咒罵以抒發恐懼。

輕悄悄的，一個嘴唇青藍的長髮女子靠在他耳旁，吹一口氣，惡臭襲來。

泰新頓住，他定在樓梯上想著，這時候該回頭嗎？

禁不住好奇，他緩緩轉身。

他和祂，鼻對鼻，口對口，一個眼眶只剩兩個窟窿的女人與他面對面貼著。

「幹！」泰新大叫，跌跌撞撞、連滾帶爬要衝下樓梯，偏偏腳踩了空，整個人從三樓滾下樓梯，頭直直地對撞階梯的直角。

最後，他躺在一樓車庫地上，鮮血從頭部緩緩流出。

10. 他威蘇灣

晚上八點，泰新仍未回醫院。

隨著夜的到來，陳貞的焦慮不安像一滴黑色墨水滴入水中，逐漸暈染開來，滿溢出詭譎氛圍。她不停地猛打電話給泰新，眉頭緊蹙。

嘟嘟——嘟嘟——

還是不通——陳貞再次按下重複撥號鍵。

嘟嘟——嘟嘟——

終於，電話通了。

「你在哪裡？」陳貞問。

「嘻嘻……媽媽。」小女孩用稚嫩的童音笑著。

「你……你不准傷害他！」陳貞急了，如同多數丈夫外遇的女子，她們對小三恨之入骨，卻從未想過傷害丈夫。

「嘻嘻……媽媽，爸爸不乖，嘻嘻……」小女孩不為所動，笑聲益發尖銳。

「你不准……你不准……聽到沒？」陳貞對著話筒瘋狂咆哮著。

一旁的看護神情警戒地手持護士鈴，看著陳貞，心想，果然如同先生說的，太太有情緒問題。

小女孩未再回覆任何訊息，僅聽聞嘟嘟——電話掛斷聲。

半晌，陳貞轉頭，哭著說：「幫我……幫我找里長……我先生在家……出事了。」

數日後，泰新躺在加護病房內，頭上纏著一圈圈紗布，脖子固定著頸圈，雙手被約束帶固定在床旁兩側，身旁傳來規律的呼吸器和心電圖監視器運轉的噪音。

他被眼前刺眼的亮光喚醒，原來是護理師正用筆燈照著眼睛，評估瞳孔大小。

「你醒了啊？這裡是加護病房，你從樓梯上跌倒，腦出血，開完刀了。」護理師語氣平淡地宣告他的病況，隨後走回玻璃門外的工作桌，繼續撰寫紀錄。

泰新環視病房，房內沒有任何擺飾，牆壁全白茫茫一片，上頭掛著一個鐘，短針指向七，不知道是早上還是晚上。

會客時間一到，妻子疲憊地走來，身旁還跟著一位女子。

陳貞見泰新清醒，羞愧地避開視線交會，低頭不語緊靠床沿。

半晌她才一把眼淚一把鼻涕說：「對不起。我不知道怎會變成這樣，我想那時候我真的瘋了。」害怕和愧疚形成的壓力終於壓垮她，她無法控制情緒地痛哭失聲，趴在病床圍欄上，背部起伏抽動。

泰新早察覺事有異狀，卻逃避著不敢承認，如果陳貞瘋了，劊子手八成也是自己。他想出聲安慰妻子，奈何嘴裡的氣管內管堵住發聲。

「這是珍妮佛，佛牌店老闆娘，那個娃娃是向她買的，只是我沒有照方法供養，她可以幫忙我們。」陳貞平復情緒後介紹起身旁女子。

泰新瞥一眼那女子樣貌，一身潔淨白洋裝，氣質清冷，沒有道姑的正氣凜然，也沒有女巫邪氣，無法歸屬正邪派別。他有些埋怨，要不是珍妮佛賣那些奇奇怪怪東西，家裡怎麼會變成這樣。

珍妮佛像讀出他的不悅，冷冷地說：「禍事不會莫名上身，神鬼都是自招進門，要是沒有冷漠外遇的丈夫，怎會有苦苦求神的妻子？那小鬼本來是淨化過來修行的靈體，人的慾念汙染了祂，現在成了惡靈，是祂的錯，還是你們的錯？」遊走陰陽兩界，她立場中立，不偏袒任一方。

泰新略感不平，鬼害人，怎麼會是人的錯。

他想出聲與她對罵，奈何只能躺在床上乾瞪眼。

珍妮佛毫不在乎，俐落地從包包裡拿出棉繩，在泰新病床四周繞出結界，並取出黃色符布置於病床前。

「這是護法鬼王他威蘇灣（Thao Vetsuwan），阻止妖魔鬼怪入侵。」接著她持著綿繩唸起心咒，完全不在意往來護理師好奇的表情。

說也奇怪，在珍妮佛的誦經聲中泰新和陳貞感受到久違的平靜和安穩，就連黃色符布上本來青面獠牙的法相，也漸覺可親熟悉，泰新這才想起他曾在泰國機場看過，是佛教夜叉守護神之一。

之後珍妮佛放下棉繩，「南洋咒術派別眾多，我沒有全精通，必須等阿贊奔師傅前來驅魔，但他現在閉關中，不見任何人，他的弟子明天會來。」

陳貞則說：「你好好休養，之後……你想做什麼決定再說。」發生這種事她也很愧疚，若丈夫因此要與她離婚，也無話可說。

會客時間結束後，珍妮佛一行人便走出病房外。

接著泰新沉沉入睡。

十點整，兩名護理師笑咪咪步入病室。

「陳先生，該翻身了。」

「這是什麼東西？棉線？」一名護理師好奇拿起棉繩瞧一瞧。

「這樣擺叫我們怎麼做事，絆倒人怎麼辦，快收一收。」另一名護理師將棉繩全綑一綑擺放在床頭。

泰新試圖發出聲音阻止，卻只換來呼吸器嗶嗶的警示聲。

護理師按下警示音消除按鍵，安撫道：「陳先生，我們有幫你收好，不要緊張。」她看見床頭符布上恐怖的夜叉相，驚呼：「這也太可怕的吧！看就會做惡夢。」協助泰新翻完身，固定好約束帶後她順手將符布摺起，塞進患者的置物櫃，兩人身手矯健迅速結束工作，又走出病室外。

泰新安慰自己，護理師就在門外，相距不過三公尺，他閉上眼睛唸著佛號。不知過了多久，唉——一聲長長的喟嘆聲入耳，他睜眼看向四周，房內沒人，玻璃門外，護理師們正忙著交班，於是他再度闔上雙眼。

唉——

這一聲真實清晰。

大膽陽剛的他經過先前的經驗，已識得恐懼滋味。妻子因妒忌引來的邪靈，曾與他在樓梯近距離對看，想到仍讓他雞皮疙瘩起一陣，但病室四周，除了機器外空無一物。

當他逐步放下警戒，放鬆肩膀時，驟然，他發現那夜樓梯的女子，正在天花板上與他相望。

他驚恐地想發出求救聲，但嘴裡氣管內管硬生生的卡住他的咽喉，他試著想呼喚護理師，但手始終距離護士鈴一步之遙，只能不停地賣力拍打床沿。

奈何當前是護理師交接班時段，她們忙著傳達今日患者的病況，根本不可能注意到泰新微小的拍打聲。

天花板的女子正面朝下緩緩落下，祂和泰新鼻對鼻，口對口，回復那夜樓梯相遇的場景，他們是如此近距離靠近，無處可躲。

泰新只能眼角沁著淚，感受死亡直擊的恐懼。

心電圖監視器發出警示聲，護理師們蜂擁而至，但再先進的急救技術，也無法挽回泰新。

因為祂的一隻手正擒住他的心臟。

同時，陳貞正跪在佛牌店的玉佛神像前，不停懺悔。

結束完加護病房的會客後，她偕同珍妮佛火速趕回無招牌佛牌店。

一進門右側的玻璃櫃內放置許多佛牌，而另一側，則擺設許多不同打扮的古曼。祂們面前擺著餅乾、糖果以及汽水，一樣都是娃娃，但神態與歡歡全然迥異。佛牌店四周牆壁懸掛著繪製各種法相的符布，再往前，店內深處供奉著一尊翠綠玉佛像，莊嚴凝視面前的陳貞。

陳貞跪坐，一遍一遍念著佛首經，試圖洗去罪孽。

身穿白衣的男子走入佛牌店，對著玻璃櫃前的珍妮佛說：「我聯絡好了。」

他是修行南傳佛教的台灣人，精通泰語，協助中、泰間南傳佛教的交流，偶爾負責作法、問事。

「好，謝謝師兄。」珍妮佛點頭。

一名小小瘦弱的男孩，蒼白透明，從角落走來，握住珍妮佛的手說：「阿姨，那個女人是壞人。」他指指內室裡的陳貞，想要提醒珍妮佛。

珍妮佛心想，依她賣佛牌多年的經驗，好人和壞人的界線是非常模糊，再單純的人一日走投無路、無法轉念，或起貪婪之心，都會轉化為惡鬼。

11. 驅魔

隔日，珍妮佛、師兄和陳貞便火速前往台中國際機場，為阿贊奔的大弟子阿贊交接機。出境大廳裡陳貞忐忑不安等待，只見一名穿著簡單的T恤和牛仔褲男子走來，約三十初，相貌嶙峋，體態清瘦，眼神猶為犀利，他打量陳貞的陰鷙眼神，讓她完全無法與之對視。

陳貞一行人先送阿贊交至飯店盥洗。阿贊交是黑衣阿贊，於泰國深山修行黑魔法，但對陳貞走火入魔的行為仍無法認同，忍不住用泰語斥責，陳貞雖不懂泰語，卻也被那氣勢嚇得冷汗直流。

待阿贊交準備法器完畢後，傍晚他們便返回陳貞家。

一行人從一樓的車庫進門，順著樓梯向上走，到達頂樓時阿贊交便開始有所感應，他在鐵皮屋外席地而坐，先是大口哈氣，喃喃唸起咒語，師兄則在旁燃起十六柱香，警戒觀望四周，而珍妮佛先用手機播放著佛經，接著一同坐下持唸心咒。

夜裡郊區的民宅，傳來綿綿不斷的誦經聲，肅殺氣息不可言喻。

陳貞站在最外側，最靠近樓梯口的位置，她忽然惴惴不安，對自己決定參與驅魔的過程感到懊悔，她想逃，也許當初該逃往北部或哪都好，皆遠勝於師父的驅魔誦經聲，那低沉嗓音讓她毛髮倒豎。

倏然，一隻布滿瘀斑的小手碰觸陳貞的腳踝，熟悉的冰冷觸感。

「媽媽……你不要我了嗎？」嬌憨的童音問。

「啊！誰是你媽，妖怪，走開！」陳貞對歡歡厭惡至極，快速踢開小手，激動地跑向阿贊交。

小女孩面目扭曲，鮮血自眼、耳、嘴流下，憤怒地尖叫著：「媽媽！媽媽！你騙人！」蒼白的小身軀撲向陳貞。

然而，未走到阿贊交跟前，陳貞突然整個人趴在地上，面目扭曲，口吐白沫，雙眼突出充血，隨即轉身，張嘴吐舌，像一隻蜥蜴，並以爬行姿態爬下樓梯。

原本盤坐在門口的師兄大喊，「抓住她！」珍妮佛跳起，兩人各自牽制住陳貞的雙腳，將之拖回鐵皮屋門口。

陳貞不停發出可怖的尖叫，軀幹抖動，雙手向前揮舞，指甲抓地，欲逃離現場。

阿贊交站起，一手抓住陳貞的頭，一手持著雕刻著夜叉法相的滅魔刀，不斷做出劈砍動作。咒語聲忽大忽小，時而激昂時而消沉，時而怒斥時而悲鳴，陳貞扭轉著身軀，似乎非常痛苦，隱微的哭泣聲和憤怒的尖叫聲交替著。

約莫五分鐘，陳貞冒出一身汗，狂吐不已。吐完後她虛弱地問：「這是……」聲音略帶沙啞。

看著陳貞恢復意識，阿贊交便向鐵皮屋邁進，他轉開喇叭鎖。即便他身經百戰，曾夜晚盜墓，徒手取動物內臟，但門內撲鼻的臭味仍引發他乾嘔。他看見地上的娃娃，一腳踩碎，歡歡的金身立馬四分五裂。

一番折騰，四個人都筋疲力盡。

當陳貞再次回到這裡，已經是驅魔一週後。她的身體日漸痊癒，也逐步處理完成泰新的喪事。

屋裡陳設如前，卻恍若前世，雖然都處理完，但心裡陰影讓她無法再住下去，她已聯絡房仲準備脫手，之後，她計畫去另一個城市重新開始，畢竟她還不滿四十，自己是這場災難唯一的倖存者，要珍惜得來不易的餘生，日後將虔誠禮佛，償還過去罪孽。

「太太，樓上都打掃好了，你看完後在這邊簽名。」清潔員陪同陳貞一一檢查打掃成效，心裡隱然鄙視著，這女的肯定養鬼，剛頂樓臭得要死，好在今天公司派了三個人共同作業，不然真的做不下去，噁心！

陳貞簽完名後，清潔員們撈著一袋袋的清潔用具離開，禮貌性的道謝和關門。

陳貞則從二樓拿起手袋，緩步下樓梯，回首看著她和泰新的家最後一眼，她的婚姻、愛情，全驟然結束，過去了。

陡然頂樓加蓋鐵皮屋的門卻緩緩打開，又突然用力闔上，又打開，又關上，開開關關，猛烈撞擊，發出劇烈駭人聲響。

已走出大門外的清潔員對同事說：「剛那間屋子真毛，八成養鬼。」

「你才爽，你打掃二樓，沒看到三樓才噁心，怪房子、雞屍、蠟燭、血跡，跟恐怖片一樣。我快吐了，有這種老婆真剋夫。」說完吐著舌頭。

「也許不是養鬼，只是精神病吧！」另一位清潔員提出合理解釋。

「不管是不是，起碼是凶宅，男主人死了，一樓還有血跡。」

她們嘰嘰喳喳越走越遠，完全不顧身後的怪聲。

陳貞快步下樓，求生本能告訴她快離開，邊跑邊大喊：「等一下！」尋求清潔員的幫忙。

然而在一樓車庫門口等她的，不是返回的清潔員，是撞得稀巴爛的瑞秋，軀幹輾壓成泥，四肢關節全扭轉，以怪異姿態緩緩爬向她。僅剩半張的臉上說著：「老肥雞……我等你一個人等很久。」

「對不起，對不起。」陳貞雙唇顫抖地說，手扶著樓梯把手向後退。

瑞秋只是無神向她靠近，邊走腸子一一脫落，嘴角似笑非笑。

陳貞深吸一口氣，轉身上樓奔逃。

連忙衝到三樓，卻看見鐵皮屋外等著她的是另一名穿白衣的女子，那常在她和泰新耳邊細語催眠的蒼白女人，神情憤怒瞪著她。

她穿著屍衣張大嘴哈氣，發出憤怒的嘎嘎叫喊聲，雙手向前，飛奔向陳貞。

祂和瑞秋上下夾攻，陳貞無處可逃，只能瘋狂揮舞著肢體。

長長短短淒厲叫聲僅維持不到三分鐘，田中郊區再次恢復一片祥和，好像什麼事都沒發生過。

12. 阿贊奔

驅魔結束後師兄和珍妮佛陪同阿贊交回柬埔寨，一同拜訪剛出關的阿贊奔。阿贊交謙恭地敘說完整的驅魔過程，最後遞上木箱予師父。

阿贊奔打開木箱後，表情嚴肅地審視著破碎的歡歡，忽然緊皺眉頭大聲斥喝。阿贊交聽完後兩眼發直，珍妮佛緊抿嘴唇。

過一會，師兄慨歎：「一切都是命……當初入靈的是一對母女，不是只有古曼童，我們只收回女兒。」

珍妮佛聽見心裡的緹瑾狂笑著，感到一陣暈眩，她拿起手機，想撥打電話警告陳貞，但接通後僅聽到一連串淒厲的尖叫聲，只能無力地掛上電話。

阿贊奔談起多月前接到珍妮佛的委託。

當時泰國北部剛發生一起兇殺案，一名孕婦被丈夫懷疑外遇，慘遭刺殺，兇手逃逸，家屬因貧困只好草草將受害者下葬。

為取得最純正派骨派肉料，阿贊奔算準時辰，連夜從泰柬邊境入境趕往陰森無人的深山裡。因臨時起意，他沒帶弟子便跑到極陰之地，獨自掘了兇殺案受害者的墳。

那女屍連個像樣的棺木都沒有，只穿著一件粗糙屍衣，祂怨念極重，臉上留有不瞑目的憤恨表情。阿贊奔挖出屍體後，拿出小刀劃開女屍的腹部，徒手掏出腹中死胎，放進木桶。

他提著木桶回到修行的山洞裡，正準備將屍骨、油、肉全煉製入這尊古曼麗，驟然狂風大起，他走至洞穴外，見滿身鮮血的女靈下跪，她苦苦哀求著，想要和女兒共同入靈，一同修法來世。

阿贊奔閉眼沉思後，拾起筆在娃娃身上畫起符咒，念著咒語，將母女倆共同入靈，封進洋娃娃裡。

「只能說是……註定。就算她逃得了古曼麗、逃得了女靈，她也不一定逃得了被她害死的人。」師兄為不可思議的結果下了結論。

珍妮佛面無表情，她靜默心咒抵抗緹瑾。

緹瑾的意志在她身軀裡益發明顯，表情、聲音、姿態、喜怒哀樂、回憶全都緊貼著她。

她聽見祂說，「一命抵一命。」

第三章

囚鳥

1.雨夜的客人

受到颱風外圍環流的影響，今日的午後豪雨驚人，雖然我早有準備，一出台中高鐵站便叫了輛計程車，直達表姊的佛牌店，但因店位於窄巷，計程車只得停在巷口，車門一開，狂暴的雨滴迎面撲來，險些令我招架不住。

「對不起，敬哲，還讓你陪我跑這趟。」依依的衣服全濕透，卻仍努力的將雨傘挪向左方好為我擋雨，奈何雨勢磅礴，如瀑布般自傘簷傾洩而下，浸濕我倆全身。

「不礙事的，這巷子太窄，計程車開不進來，趕快衝進店裡就是。」見她是如此貼心，更讓我決心不讓她失望。

大雨滂沱，我倆飛奔衝向暗巷的盡頭，雨水、泥濘順著褲管爬上我的膝蓋，狼狽不堪。

表姊從泰國回來後在台中市區暗巷裡開起佛牌店，沒有招牌，沒有廣告，連營業時間都不固定。初時我還頗擔心能不能撐過草創期三個月，沒想到短短半年，即成為

PTT、Dcard傳說名店，然門庭若市是不可能發生的，因為表姊的佛牌店只接待有緣人，沒有緣分，任你如何按圖索驥，循著google map都找不著。

依依是經由臉書訊息與我連繫的，至於誰透露我是珍妮佛的表弟她三緘其口。對於這種打著算盤，想經由我引見到無招牌佛牌店的人我一概拒絕，任他們淘淘不絕訴說著對財、名、愛情渴望，都未曾打動我，因為人性的慾望總是源源不絕，若不付出就能如願，那還會有人努力嗎？但我唯獨拒絕不了依依。

她眨動美眸，雨水便自她濃密的睫毛滴下，更顯雙瞳剪水，嘴唇打顫著，一張小臉無辜，外加她體貼，總為人著想個性，我無法推辭她的央求，藉故與表姊相約，順道帶她來。

老實說我也沒有把握今天能踏進表姊的佛牌店，要是遇不著表姊，可就白跑一趟，幸虧見到巷底那間破舊的公寓民宅亮著燈，那是佛牌店的入口。

一推開門，一室明亮，濃厚的薰香襲來，店內播放著泰國佛經，兩側玻璃櫃擺滿佛牌、聖物。

「敬哲，這裡是……」依依略顯焦慮，抓著我的衣角。

「沒事的。」許多人對佛牌店有些微誤解，實則懷抱著尊敬之心，鬼神未必比人難相處，再加上這間店我已造訪過數次，一直氣氛平和，未如刻板印象中的陰森可怖。

走進佛牌店最內側是尊翠綠玉佛像，另一側則擺放L型沙發，是表姊與顧客、師兄討論要事的地方。

「阿哲，帶朋友來怎麼不早說呢？」表姊身著一襲黑色長洋，慵懶地靠在沙發上，語氣雖平淡，卻散發著不悅。

說了一定被拒絕，我還敢說嗎？我悶不做聲。

「不是的，是我麻煩敬哲帶我來，我真的很需要你的幫忙。」依依紅著眼，聲音嬌弱。

「哦？」表姊端詳起依依，「我先說明，不管敬哲跟你說過什麼，都是他個人對你的保證，與我無關。」

「姊，依依她……」

「先坐下吧。」表姊的話像催眠，無法抗拒，繼而說：「到這裡來的人，哪個不是有求於人，有苦楚需要幫忙，要是我每件事都插手，豈不是亂了秩序。」她優雅起身，倒了杯熱水給我們暖手，表情始終不慍不火，猜不出情緒。

「依依跟那些人不一樣，她不貪心，她是想找人。」我辯駁道。

「貪心？誰都說自己的願望很卑微，還不是嚐了好處便得寸進尺。」表姊輕蔑地笑了笑。

「是這樣，我想找我最好的朋友，她失蹤了，我想……應該是謀殺。」依依放下茶杯，表情凝重。

表姊看著窗外不停歇的大雨，「說吧。」

2. 依依的說詞

日光順著落地窗斜照在瑜伽教室地板上，悠揚的音樂迴盪在教室每個角落。

「深呼吸，不要閉氣，舒展你的身心靈。」瑜伽老師家偉正帶領著學員進行拜月式，吸氣的聲響充斥在教室裡。

「好，吐氣，回到三角式……」

「好，換跨出左腳，兩手向上延伸……唉，真美。」

噗哧——開始有學員忍俊不住笑出聲，因為全教室的學員早發現老師的眼神總緊緊跟隨敏柔，雖然老師的暗戀心事已非祕聞，但這般熱切、不自禁出口的讚美還是頗為失禮。

依依望向位於教室第一排的女子，她知道訕笑只會加深敏柔的虛榮心，果不其然敏柔毫不避諱，刻意加大肢體幅度，像瑜伽教室的招生照片，伸展她天鵝般纖白的頸、手腕、腳踝；長期美姿美儀訓練，敏柔的體態完美無瑕。

她是一年前到美瑜伽教室才認識敏柔的，初時驚豔於敏柔的美貌，原想美女嬌貴，與樸實的自己毫無交集，但隨著敏柔的主動閒聊，友善邀約，大方贈送的禮物，讓她逐漸對敏柔產生好奇和好感，而十七歲即成為車模的敏柔，繽紛的感情世界更令她大開眼界，彷彿經由敏柔，就能窺見奢靡的上流生活。

雖然往後成為好友，但敏柔的手腕她一向不予置評；用鮮豔外表鞏固愛情和生計，以假單身維持情愛市場的競爭力，而瑜伽老師家偉只算是敏柔的獵物之一。

「你要愛你的身體，感懷它給予你的一切，namaste。謝謝各位同學的參與。」照慣例，家偉以雙手合十手勢作為課堂結尾。

下課後她和敏柔各自拿了保溫壺，跟著學員步伐依序離開教室。同學的竊笑和偷窺打量的眼神，反激起敏柔的驕傲，頭抬得更高，背更挺，男人的青睞是她自信來源。

「敏柔，敏柔。」家偉在她身後喊著。

敏柔眼底飄忽一絲不耐，轉瞬卻又無影無蹤，她溫柔地回眸一笑，「老師，怎麼了嗎？」

「喔，今天上課還好嗎？會不會太累嗎？步調跟得上嗎？我今天有幫你準備礦泉水，上次你抱怨沒有的Antipodes，我從網路代購……」家偉一臉討好，端上一瓶礦泉水，並將瓶口轉開。

「老師真貼心呢，謝謝。」敏柔接過礦泉水後便轉身。

「敏柔，那……下週有空嗎？我聽說有間飯店的和牛很好吃，米其林三星，我可是好不容易搶到優惠券，一張八百可抵一千二，我一口氣買四張，絕對夠我們吃，超划算。」

「老師，不好意思，下禮拜要回家一趟，阿嬤心臟病要裝支架，我想親自照顧她。」她眼眶微紅。

「喔，真是孝順好女孩，人美心也美，需要什麼幫忙儘管說，之後看你哪天有空我跟餐廳訂位。」家偉既是讚嘆，又是心疼。

「謝謝老師，老師你人真貼心，事情結束我馬上聯絡你。」

被美人這樣一誇，滿臉面皰的家偉漲紅了臉，俏皮比出接電話的手勢，笑說：「再聯絡，再聯絡。」

踏進更衣室後，敏柔與依依眼神對上，倆人眼底有強忍的笑意，像是心照不宣共同密謀著什麼。直到盥洗後一同離開美瑜伽教室的門口，她終於忍不住笑出聲，「欸，我記得你阿嬤不是早作古。」

「對啊，是因為正君明天要回國，我才沒空理那痲子臉。」出了美瑜伽教室的玻璃門，敏柔彷彿換了一個人，一改適才溫婉氣質。

正君是敏柔的正牌男友，更正確來說是金主，已婚富二代，兩年前在車展上搭訕敏柔，進而發展成婚外情、包養關係，現正與元配鬧分居。

「哎呀，別叫痲子臉那麼難聽，醜歸醜，但家偉老師對你超好的，送禮物又吃好料，你看，還幫你準備高級礦泉水耶。」依依指了指礦泉水。

敏柔啐了一聲，「誰知道他有沒有偷偷吐口水在礦泉水裡。長那樣，癩蛤蟆想吃天鵝肉，噁心死了，跟他吃飯還要忍受他的痲子馬臉，食慾都差了。」她滿臉嫌惡將礦泉水丟在路邊Ubike的置物籃裡，「他那眼神就讓我不舒服，有次還被我發現他偷喝我喝過的飲料，痴漢！」

「那你就別理他啊。」類似家偉這樣的工具人，依依前後看過幾個，但大抵被敏柔虛晃、剝皮幾次就會清醒，可家偉對敏柔的愛戀堅不可摧，跟瀝青一樣黏，極度忠誠，極度痴愚。

「反正啊，現在正君跟他老婆準備離婚，等處理完後，我再也不要跟那瘋子馬臉見面，誰希罕米其林，居然還買什麼折扣優惠劵，窮酸。」

依依笑而不語，雖然敏柔所作所為與社會道德背道而馳，但敏柔對她總是大方，也許愛情零分，起碼友情、義氣有八十分。

嘟嘟嘟——手機鈴聲響起。

敏柔拾起電話，立馬換上甜得化不開的嗓音，「正君，沒啊，我剛結束瑜伽課。嗯……好，沒關係你忙，我能自己處理，好，快回來，我想你。」

掛上電話後又恢復嗔怒面孔，「煩，租約到期，房東不續租，本來正君明天一下飛機要陪我看房子，現在又說明天加開臨時會議走不開，真討厭。」

她時而溫順，時而暴躁，面目、口吻變化神速，使得依依有時也搞不懂到哪一個才是真正的敏柔，不過，直率不也是種天真嗎？或許敏柔真心當她是好朋友，信任她，才將醜惡那面顯示予她吧！

「不然我明天陪你去。」

隔天她依約同敏柔去看房子，那是棟位於台電大樓精華地段的高樓建築，屋齡十年，挑高四米五改成樓中樓，雖只有十二坪，但設計師大量運用玻璃、鏡面元素，藉由折射、透視使得空間格外寬闊，配置精緻家具，進口家電，宛如酒店般華美。

物業管理公司的代租仲介得意地拍拍進口歐風沙發，「如何？這種裝潢、租金在台電大樓可是難找喔，我做包租代管這麼多年也是第一次看到，連家具都是新的，而且是剛裝潢好，第一次租人、第一次張貼廣告馬上就被你瞧見，算來也是有緣。」

「哇——真的超美的，簡直是我夢想中的房子。」敏柔情不自禁撫摸著歐式金屬旋轉梯的扶手，精緻裝潢跟網頁上的飯店小豪宅照片如出一轍，至於租金，敏柔一點都不在乎，反正正君會負責。

早先一步踏上二樓的依依，眉頭微蹙，望著眼前的穿衣鏡，「這鏡子太大，感覺有點怪，風水上來說鏡子對床是不好的。」一幅超大面的全身鏡嵌在牆上，約兩尺寬，正對著床旁走道，全臥房空間一覽無遺。

「哪會，這樣我就可以在家練瑜伽。」殊不知這樣的設計反更滿足敏柔的自戀，她開始在鏡前擺起瑜伽裡的深蹲式，不顧代租仲介在場。

「這是歐風的裝潢，設計師在英國留學過，洋派的人不講求風水這件事的。這房子下午還有一組人要來看呢，最好趕緊做決定喔。」仲介使出老招數，催促著。

依依搖頭，似有不安，「這是第一間，你再考慮一下吧。」

「就這了，這跟我前陣子看到的裝潢設計雜誌裡的房間一樣，根本是為我量身打造的。」敏柔照鏡微笑。

遇見心目中理想的居所，敏柔當日就簽署合約，甚至早在原房租契約到期前提早搬離。對她來說，人生順利得不可思議，姣好面容，數不盡名牌包，和穩固厚實的長期飯票，待正君離婚後，說不定連房子都不用租，直接遷往正君名下豪宅。

眼看敏柔的美好人生藍圖逐步完成，與正牌男友正君感情如膠似漆，依依卻忍不住為她擔心。

在精品店內，依依忍不住規勸，「我是希望你幸福，不過……先前那些男人，你打算要怎樣解決呢？處理不好怕會像新聞裡的恐怖情人一樣，潑硫酸還是追殺。」

敏柔絲毫不受影響，用塗得豔紅的雙手翻攪著名牌包內裡，檢視瑕疵，「怕什麼，我可是沒保證會跟他們在一起，都是他們自願的，餐廳是他們自己找的，禮物是他們自己買的。」語畢頭向上一抬，對銷售人員喊道：「我要這個包。」

「我知道，可是對方花那麼多時間和金錢……」

「你放心，Ken和Vincent我都處理好了，只剩家偉比較麻煩點，大不了不去那家瑜伽教室，你跟我找別間去，學費我叫正君幫你出。」

「你不知道，你上週沒去上課，家偉還一直追問我你的事，拖了半小時我才擺脫他。」

敏柔睜大著眼，義氣填滿胸懷，「真的？太過分了，居然敢騷擾你，我明天幫你出這口怨氣。」

她急忙搖頭，「不是啦，我是說，希望你能好好解決，我怕出事，他好像很認真。」

「你別擔心，這種事我經驗老道。」敏柔擺擺手，毫不在意。

依依在心底嘆了口氣，預料就算她再三規勸，下一次的瑜伽課還是免不了起風波。

其實家偉早感受到敏柔態度的轉變，先前再怎麼忙碌，隔日還是會回個短短的訊息，道歉、慰問之類，但這兩週敏柔完全不讀不回。不安的情緒，讓他在瑜伽課堂上口令頻頻出錯。

他背誦哈達瑜伽口令，眼神飄忽，腦裡懷念起先前為慶祝敏柔生日，在頂級海陸鍋餐廳，敏柔拆開禮物時的笑顏。

「老師怎麼知道我一直想換新手機呢？」

她甜美的笑容，連燭光都遜色不已，讓家偉沉浸在花海，飄飄然。

「我一直不懂女孩子，也沒什麼戀愛經驗，上網問了些網友，你喜歡就好。」

「哪會，像老師這樣才是好男人，現在男孩子都太輕浮、計較，無法教人信任。」

敏柔取出新手機，愛不釋手輕撫著。

「敏柔，如果有機會，我希望可以陪你過每一個生日、情人節、耶誕節，我會……」

「老師，你對我真好，我會將你的好意記在心底，可是，你知道，前男友傷我太深，我至今無法復原，還沒準備好。」敏柔眼眶泛淚。

美好的回憶宛如昨日，多麼愉快的夜晚，是的，他是有機會的，他不該這樣輕易放棄，敏柔是難得一見的好女孩，是他枯燥乏味，如死水的情感裡的那一點光，他要把握。

因此他決定課程結束後主動出擊，在門外等待敏柔。

一見佳人身影，他急迫上前喊著，「敏柔，敏柔。」

敏柔像早預料般，打量周遭環境，冷冷地說：「借一步說話。依依也過來。」

三人進了暗巷裡，敏柔撿了巷口位置站立，「你有什麼話快說吧，今天是我最後一次上課。」

「怎麼了嗎？敏柔，這麼突然，最近訊息也不回，我前陣子還特意訂了……」

再如何討好，也抵不過真實到來，敏柔雙手抱胸，一改過去溫柔口吻，眼底盡是嘲諷和世故，「今天就在這挑明了吧，我跟你是不可能，也請你別再騷擾我朋友。」

「我做錯什麼？我真心想和你做朋友。」

敏柔輕笑，「你當我三歲小孩？你跟那些男人一樣，腦子想什麼我一清二楚。老實說追我的人很多，實在沒必要選你，你是裡頭最寒酸的一個。」

敏柔驟然轉變的態度，讓家偉無法接受，震驚、失望、憤怒、不甘的情緒爆發，他表情猙獰，宛若張牙舞抓的雄獅，嘶吼問著，「我哪裡不好？我明明能做的都做了，你說說看！」

「大聲我就怕你？我跟你說好了，我就是不喜歡你這張臉，還有跟狗一樣討好的態度。」

家偉難以置信，想說的話很多，卻只能以一句話作結，「你……你不是敏柔。」

「你夠了吧！反正拜託你以後別再來騷擾我，也別騷擾我朋友。」敏柔轉身拉著依依離開，留下愕然的家偉。

3. 神奇的夢

自敏柔跟家偉撕破臉後，依依連帶也不敢再去瑜伽教室，她怕再見到家偉。雖說肇事者非她，吃大餐、收大禮的也不是她，但家偉受傷的表情還是讓身為知情者的她心有罣礙，但她又安慰自已，感情不就是這樣，你情我願，不愛就是不愛，敏柔確實從未對那些男人承諾過什麼，一切都是對方自願的不是嗎？

可一想起暗巷裡家偉失落與怒火噴張交替的神情，都讓她自覺是共犯。家偉駭人的眼神，滿是深沉的仇恨，彷彿炙熱的火焰，讓她接續幾日做起噩夢來。

多數的夢是這樣的，夜裡，她在空無一人的瑜伽教室悠悠轉醒，黑暗中，她聽見敏柔細微的哭泣聲。

「敏柔？敏柔你在哪裡？」她沿著牆邊摸到照明開關，不知道是故障或停電，怎麼按都漆黑一片。最後，她只能依靠著隱微的月光，順著樓梯，循著哭聲，爬到二樓的更衣室。

嘩啦啦水聲自淋浴間傳來，她小心翼翼摸索著門把，在最後一間盥洗間看見敏柔的背影。

敏柔的肩膀抽搐著，上方蓮蓬頭噴射的冷水噴濺著，隔著夢也覺寒冷。

手指傳來黏膩感、血腥味，讓她警戒退後一步，待視覺逐漸適應黑暗，她發覺自己的雙手、牆壁、門板、排水孔全沾滿鮮血。

她慌了，伸手向敏柔拍去，「敏柔，你怎麼了？你受傷了嗎？這裡好可怕，我們快出去。」

然而回頭的卻是一張血肉模糊的臉，鼻子和嘴唇都不見，臉上餘留巨大的窟窿，原本高聳鼻尖只剩兩個孔，牙齒全無，血淋淋的舌頭舔著凹陷上顎，滑過來又滑過去，大量的血水從口腔冒出，如紅色噴泉般濺了依依一身。

像怪物般的敏柔奔向她，雙手滿是鮮血揮舞著，沒了牙齒，含糊不清喊著：「救我！」

「走開！」依依反射性揮開敏柔的手，驚慌地逃離更衣室，在梯間卻扭到腳，一路滾到門口，她跌跌撞撞衝到瑜伽教室大門，急忙轉動門把，卻怎樣都打不開。

聽到細碎的聲響和聞到濃厚的血腥味，她知道敏柔過來了。

「開門！開門！」她奮力喊叫，拍打玻璃門。

此時有人靠向門邊，她原本滿懷希望，直到發現玻璃門上映出的是家偉的臉，冷眼看著她。

「開門，我求你。」腳邊傳來濕黏感，血水隨著敏柔的步伐向她蔓延而來，一隻沾滿血的手伸向她的臉龐，濃烈血腥味攻佔嗅覺。她奮力哭喊，拍打著，用盡最後一絲力量求援……

她由噩夢驚醒，一身冷汗涔涔，大口吸著氣。

究竟，她怕什麼呢？要怕的應該是敏柔吧！可是當事人卻完全不為所動。

驚醒後的依依失眠，點開手機打發時間。敏柔的IG除原本的炫耀文外，在正君進行離婚協商後，她更大膽上傳兩人的甜蜜合照。她曾提醒敏柔盡量不要刺激愛慕者，避免遭到報復，敏柔也只輕描淡寫地回一句，放心，她全封鎖。

然而人的執念如果會因為幾句規勸、幾張照片有所動搖，那便不能稱之為執念了，家偉便是一例。

「我跟你說，我今天發現那痲臉居然跟蹤我，逼得我使出殺手鐧。」敏柔在電話裡說。

「你要不要報警啊?」果真如她所懼怕,家偉似乎仍未死心。

「放心,我叫正君處理,現在痲臉的瑜伽教室被砸個稀巴爛。」

「這樣太過頭了吧,現在想想,我覺得他很可憐,你還是好好道個歉。」夢裡家偉冷漠的眼神讓她打起冷顫。

「道歉?我又沒做錯,一切都是他心甘情願。追求女孩子本來就是要投資,花了錢事後在那懊惱,是誰的錯?法律不也規定贈與無須退還。」

「但是……」

「好啦,別煩惱,我跟你說,櫃姊推薦我一款新的護膚……」敏柔持續分享她的貴婦生活。

正君出手後,家偉果真再也沒動靜,痴戀彷彿船過水無痕。

直到事隔一週後的夜晚,她再度接到敏柔的來電。

電話裡敏柔不停哽咽,話語斷續,且背後傳來震耳的救護車和嘈雜的人群吆喝聲,實難辨認談話內容。

「敏柔,你把話好好說,慢慢說。」

敏柔難以抑止的抽抽噎噎，情緒慌亂。

隨後身旁的人將手機接了過去，「請問是呂敏柔小姐的朋友嗎？我是大安分局羅斯福路派出所警員何晃誌。晚上九點左右，呂小姐的朋友發生墜樓意外，呂小姐現情緒激動，可以過來陪她嗎？」

依依匆匆掛上電話，急忙趿了室內拖鞋、睡衣外罩件外套，招了輛計程車衝向敏柔的新居。在車內，悲觀、恐懼自腦海裡不斷滋生，她反覆安慰自己，或許只是場意外？

抵達現場時，敏柔身著浴袍，頭髮濕漉漉，僅罩著一條毛巾，雙眼腫得跟核桃似地抽咽不止。

「發生什麼事？怎麼會？」

敏柔幾近狂亂地搖頭，歇斯底里喊著：「正君！正君！」

「坐下來好好說。」

依依安撫著敏柔一陣子，她才斷續地錄完筆錄。

當天約八點左右，她和正君結束完應酬返家。商場酬酢間，難免喝醉，所以正君一回家，喝了罐醒酒液便倒頭躺在沙發上歇息，而她則先進浴室盥洗。當盥洗結束，走進客廳時正君已不見蹤影，陽台的拉門敞開著，盆栽倒了一地，場景混亂，她才驚覺有異，有了不祥的預感，順著陽台向下望，是一片血肉模糊的身影，可她還認得出那肉醬穿著正君的灰色襯衫。

曾經的愛巢成了命案現場，敏柔情緒激動，家人又遠在南部，依依自然得擔負起照顧敏柔的責任，遂帶敏柔返家。待依依向公司請完假後，好不容易哄睡敏柔已凌晨三點，筋疲力竭，閉上眼睡著。

那晚依依的睡眠清淺，敏柔的每一個翻身、轉頭都能驚醒她，但隔天一早她還是早起，陪著依依再度回到警局，進行一連串筆錄和偵訊。

從各項證據顯示，作為正君的小三，兩人出席應酬場合時感情和諧，警察找不出任何殺人意圖，回顧大樓電梯攝影機也未發現其他人曾進入屋內，眼見案情膠著，卻在聯絡代租仲介時調查出屋主的姓名。

「你……你說屋主叫龐家偉？」依依無法置信。

「是啊，不過屋主在廈門街經營的美瑜伽教室被砸後已經失蹤了。」何警官說。

原本萎靡的敏柔忽然站起，抓著何警官袖口，激動地大喊：「是他！一定是那痲臉做的！殺人兇手！警官你趕快逮捕他！」

「呂小姐，目前沒有證據顯示龐家偉殺害賴正君先生，而且大樓監視器並沒有錄到龐家偉先生，賴先生是酒後失足還是他殺、自殺無法確認。」

「他最有可能，殺死正君就是他！那痲臉八成不滿正君搶走我，才殺死正君。依依，你快跟何警官說，痲臉是什麼人，有多變態多恐怖，還會跟蹤我、偷喝我飲料。正君絕對是他殺死的，正君酒量沒那麼差，那天說話也很清楚，不可能是自殺、不小心掉下去，一定是痲臉……」

見敏柔情緒再度失控，她趕緊拉回敏柔，「你冷靜冷靜，我們等警察調查完再說。」接著轉身對何警官說：「對不起，警官，她現在情緒還不太穩定，我先帶她回去休息，如果案情有什麼進展，再麻煩您通知我們。」

她帶著敏柔回到家中，路途上敏柔仍絮絮叨叨關於家偉一切，彷彿已罪證確鑿，而她腦海裡卻不斷推敲：在密閉的小套房內，正君生前最後一刻究竟發生什麼事？家偉去了哪裡？

4. 魂魄勇

依依說到這裡，停頓了半晌，心情仍無法平復，雙手顫抖著，咖啡都潑灑到桌面上。我小心翼翼接過她手中的杯子，打破沉默，「所以你想請我們幫忙找家偉？」

「不是，是敏柔。正君發生事情後的一個禮拜，敏柔的情緒稍微好些，說要回家走走，結果……失蹤了。我留有她樓中樓的鑰匙，也帶警官去看過，卻也找不著她。」依依愁容滿面，伏向表姊問：「她會不會被家偉帶走呢？」

表姊輕叩桌面，「喂，我這裡是佛牌店，不是警察局，也不是徵信社。」

依依臉色蒼白，低伏著上身，眼眶濕潤，似乞求，「可是，如果敏柔已經怎麼樣了，也許可以找到她，也找到家偉。」案情膠著，沒有線索，通達陰陽兩界的表姊是她的希望。

表姊卻反而一臉玩味問道：「你怎麼知道你朋友已經死了呢？」

「我……敏柔沒什麼朋友，與家人的關係又不好，如果她還活著，不會不跟我聯絡。如果他們真的怎麼樣，好歹我這朋友唯一能做是幫他們超渡。」依依緊咬下唇。

「表姊，你幫幫她。」我也加入請求的陣營。若是過往熱心溫柔的表姊，必一口答應，但自從緹瑾和先前古曼童事件後，她對人世間的執念有種說不出的清冷，拒絕不少求助的客戶。

表姊凝神打量依依，接著慢條斯理地站起，走到玉佛前，點了盞蠟燭，雙手合十，閉眼默唸經文。

香燭裊裊，氣氛寧靜，我和依依不敢打攪她，只得在一旁等待。

約莫五分鐘，表姊緩緩起身走回，仍不改淡薄神情，「我沒辦法幫你，你請回吧。」

「表姊！」表姊的拒絕雖我意料之中，但聽到消息也是錯愕，「她不是求財、求名，是為朋友在這麼做。」

依依忽然奔至表姊跟前下跪，「我也只能求你，我聽說你不隨意幫人的，可是……敏柔和家偉……我可以給錢，也可以……」

表姊居高臨下，冷冷地看著依依，「這不就是你們的業嗎？」

依依眼裡的火炬復又消逝，頹然跪坐在地。

「姊，你只要稍微……」

「阿哲，有些忙是不能幫，也不該幫，人做錯事，就要——償。」

「姊，你就幫個忙，依依不是壞人。」

表姊嘆口氣，拉開玻璃櫃，取出一個佛牌遞給依依。佛牌約3公分長，內裡包裹的是個稻草編織出的人形，四肢末梢綁著紅繩，「這你拿回去放在身上。」

在表姊的佛牌店打轉多回，我一眼認出那是魂魄勇，從前坤平將軍使用的陰兵，保護墳墓、家宅，算是護身符一種。

依依謹慎將佛牌放入包包內，仍面露懇求神色，淚滴緩緩滑落臉龐，令人心疼不已。

「你這樣看我沒用，生人覺得有冤，死人沒有嗎？阿哲，該帶你朋友回去，你知道我不歡迎不速之客。」表姊說完轉身走回佛堂內室。

見表姊意志堅定，都下了逐客令，我也不再多說，只能扶起依依走回巷口外，返回台北。

一路上依依出奇地安靜，眉頭緊蹙，緊抱著懷裡的手提包，她必然仍為好友生死未卜憂心不已吧。

既然表姊無意幫忙，我便開始思索辦法，李師兄的面容就這樣飄進我腦海裡。表姊北上時曾帶我參加過法會，兩場都在李師兄的佛堂，印象中李師兄為人熱情寬厚，就算道行名氣不如表姊，但多少能有所裨益吧，能動用方法尋人找到家偉和敏柔。

「這次真的很抱歉，沒幫上你的忙，表姊人很好，但發生一些不愉快的事後，她做事只講求緣分，也許你與她無緣。不過你別慌，我認識一個師兄，他的佛堂大，信徒多，我們請他幫忙看看。」

依依原本愁雲慘澹的臉色瞬即換為笑顏，「不會，敬哲幫了我很大的忙，帶我來，又幫我求情。」她將提包抱得更緊，「敬哲的表姊也是個好人，還送了我東西，一定可以幫助我的。」

依依總是那麼為人著想，但她的天真讓我害怕，不由得喉頭一緊，吞了口水。

我想她並不知道，魂魄勇的主要目的不是用來尋人，而是作為人的替身，抵禦邪靈入侵、擋災用。

5. 美瑜伽教室

「哎呀，這不是珍妮佛的表弟嗎？這位漂亮小姐是誰？是你女朋友嗎？快請進。」一跨進佛堂大門，李師兄宏亮的招呼聲音響起，半年未見，他氣色紅潤，友善熱情如一，依舊穿著白衣裝束。

李師兄的佛堂與表姊的佛牌店全然不同路數，表姊佛牌店散發著一股生人勿進的氣息，莫名的連一條幽深的小巷都能讓人迷路；而李師兄的佛堂佔地五十坪以上，莊嚴肅穆，鍍金的大廳，幾乎二十四小時不停播放佛經，香客眾多，薰香繚繞，還有網路諮詢等服務，他致力宣揚南傳佛教，對著信眾、問事者敞開大門。

李師兄招呼其他信眾後隨即向我們走來，笑咪咪推了我一把，「介紹一下。」

「喔，這是我朋友依依，有些事想請師兄幫忙。」

李師兄遲疑片刻，皺眉問道：「珍妮佛都解決不了的事？」

「倒也不是，表姊一口就回絕我。」我苦笑。

隨後我簡短的介紹依依、敏柔、家偉關係，和正君的意外死亡，還有不知去向的兩人。

「這麼說是尋人囉？」李師兄問。

依依眉頭深鎖，對好友的掛念讓她再度落淚，「是的，但老實說……我猜，會不會敏柔已經不在人世了，家偉不可能輕易放過她。我就告訴過她，要小心，她怎樣都聽不進去，要是我能勸動她……」她掐得泛白的手指，極悔恨當初未能及時提點閨蜜。

「小妹妹，你別擔心，我幫你想想辦法。」依依的眼淚總能激發旁人憐憫，連李師兄都為之不捨。

李師兄沉思半晌後：「說是尋人，你有家偉還是敏柔的生辰八字嗎？」

依依面有難色，「我……只知道敏柔的生日，但時辰不清楚，家偉更別說了。」

「那他們慣用物品？」

依依搖搖頭。

李師兄有些苦惱，沒有足夠資訊，要協尋兩個生死未卜的人難上加難。

忽地，依依喊了一聲，「不過，我知道瑜伽教室後頭的防火門是壞的，從那走上去直通家偉的休息室，也許可以找到什麼。」

李師兄點點頭，「好，那我收拾東西，我們一起到瑜伽教室。」

待李師兄去收拾法器時，我問：「依依，你不怕嗎？還是你待在佛堂裡就好。」表姊給了魂魄勇的佛牌，必有她的用意，似乎暗示著依依將有危險。

「怕，當然怕，不過敬哲跟師兄那麼照顧我，一定會保護我的，何況，不入虎穴焉得虎子，早點找到家偉和敏柔，讓這件事提早落幕。」

我點點頭，心裡卻有種說不出怪異感，好像明明踩在平地上，卻隱隱感覺有顆綠豆凸出，刺得腳底痠麻，低頭卻又找不著。

不到數分鐘，李師兄已迅速整理完法器，背著一只旅行包，意氣風發，自信滿滿。

「珍妮佛的表弟，聽說你命大、八字純陽，不過呢，你還是帶著這個吧，免得被什麼煞氣沖到。」李師兄分發兩捆木頭給我和依依。

木頭在我手心傳來刺痛的麻木感，我低頭一瞧那綑木頭長約十公分，上綴著金箔，若我沒猜錯，應該是雷擊木，就是傳說中的辟邪木。

眾所皆知桃木劍是道教的傳統法器之一，而雷擊木一直是製作桃木劍最上佳的材質，相傳遭雷電劈過而不死之木頭，已吸取雷公雷母的力量，對靈體會造成一定程度威嚇、傷害，因此不少護身符以雷擊木製成，以達震懾效果，沒想到泰國的民情也有此說法。

當我們抵達瑜伽教室已經是下午五點，夏季的落日較晚，仍可見陽光的餘暉，並不讓人覺得可怕，且我們預估拿取家偉的隨身物件只需要十幾分鐘，換句話說，在天黑前我們便能功成身退。

依依熟稔地打開防火門，縱使眼底沒有懼怕神色，我和師兄仍決議讓她居於隊伍之間，不領隊，僅用口頭帶路，然而荒廢的瑜伽教室像另一個世界，外頭豔陽高照，裡頭卻寒意逼人，一道防火門澈底阻絕外頭嘻鬧聲、引擎聲和連鎖藥妝店的叫賣聲，再加上瑜伽教室停業後無人管理，早因未繳水電費而被停電，伸手不見五指，令人開始打起冷顫，連走在前頭的李師兄氣勢也銳減不少。

「別怕別怕，我可是有備而來。」李師兄拿出強光手電筒，瞬間照亮前方，然而一照反而更顯恐怖，數道黑影從前方晃動，正朝我方走來。

帶頭的李師兄被驟現的黑影嚇得措手不及，啊了好大一聲，連忙倒退一步。

「師兄，那是鏡子……只不過是我們投射的影子罷了。」依依說。

李師兄像為化解尷尬般，乾笑說：「欸，不是我說，你們在教室內部裝鏡子就算了，為什麼連走道也要裝，這樣怪嚇人的，一回頭被自己影子嚇到，呵呵……」

「師兄莫怕，是家偉老師的意思，他讓學員隨時可以自己練習美姿美儀。」依依陪笑說著，聲音有些顫抖，想來她也覺師兄不可靠，確實這是我第一次請求他協助，昔日我多半只在祈福法會見過他而已，忽然覺得此番前行太冒昧，會不會連帶害依依陷入險境？

接著師兄放慢步伐，沉穩唸起咒語，但剛才的第一聲慘叫已徹底消滅我對他的信心，唉，看來此番出行凶多吉少，回頭望來時路，防火門已重重關上，隱沒在黑暗中。

隨後我們走進走廊的第一間教室，手電筒掠過懸吊的數十個布條，這是時下最流行的空中瑜伽，然而布條在無風的狀態下幽幽晃盪著，為這教室添增幾分陰森感。

依依率先踏入教室，「家偉的儲物櫃在教室後方。」她逕自走入黑暗中，揮開一個又一個布條，散發出陣陣霉味，令在身後的我忍不住嗆咳起來。

「小妹妹，你等下。」李師兄趕忙跟進，布條晃動幅度加大，搖晃似迷魂陣。

見這兩人完全忽略我的存在，我急忙喊著：「咳……你們等一下我，沒有燈光又沒有人帶路……」

「珍妮佛的表弟快跟上。」李師兄一喊，轉身回望，手電筒正巧直射我眼眸，刺眼的燈光逼得我閉上眼。

短短一兩秒間，待我睜開眼時，眼前已無兩人蹤影。四周沉寂得可怕，室內瞬間下降十幾度，濕冷的空氣像隻手輕撫我的背、足底、頸部，無處不覺寒冷。

我試著呼喚依依和李師兄，但別說有人聲回應，連腳步聲、呼吸聲都沒有，室內寂靜無聲，僅有一條條拂向我臉部，夾雜臭氣的布條。

我在心底咒罵，拿出手機手電燈，照著眼前一條條晃動的布條。

怕什麼呢，緹瑾的事我都經歷過，也是眾師兄認證的八字純陽之人。我不斷鼓舞自己走向前，但這個瑜伽教室像有數百坪般，怎樣走都走不到底，莫非是傳說中的鬼打牆？

「嗚……」一陣嗚咽聲自前方傳來，似小孩、又似貓叫。

我頓時停下腳步，一手抓著牛仔褲口袋裡的雷擊木，斗大汗珠從額上涔涔滾落，思緒不停翻滾，想著表姊以前教我唸的佛首經是什麼……那麼……後面是什麼來著？果然緊要關頭一個字都生不出來。

順著哭聲，我穿出重重的布條，走到教室後方的置物櫃。一道纖細背影停佇在置物櫃前，撫著臉低嗚，「依依，依依。」

待一走進，距離一公尺處祂抬頭望向我，才發現那不是依依的臉，震驚也來不及逃。祂蒼白的臉上滿是瘀痕，一頭長髮遮住一側臉，一張嘴有腐敗臭氣襲來。她緩緩嘆息，指向鏡牆。

如此近距離的面對面，讓我澈底感受到靈體的陰寒，忍不住牙齒打顫，「那有什麼嗎？」帶著疑問，祂所指的方位只有鏡牆，我打開鏡牆旁的置物櫃，裡頭空無一物，僅剩幾張便條紙凌亂張貼在置物櫃門板上。

忽地背後傳來祂淒厲的尖叫聲，一回頭發現祂逐步倒退，四肢扭轉變形，先腰向後彎，再從兩腿間鑽出，手腳關節反轉再反轉，整個身形像隻蜘蛛。祂痛苦的吐氣著，以極怪異、彆扭姿態左右移動。

在表姊的佛牌店磨練過，我的膽子是越磨越大，但也被眼前詭異的畫面定在原地，不敢動彈，無法置信人的形體居然可以折成這樣。像一隻四腳蜘蛛般，祂沿著牆壁攀爬起來，表情痛苦扭曲叫喊著，聲聲淒厲刺耳，骨頭因變形不斷嘎嘎作響。

祂以四肢攀爬牆壁，逐步向我靠近，冷汗涔涔自額上滴落，我卻連奔跑、尖叫力氣都沒有。

正當祂靠近我三公尺處，忽然從祂右後方射來一個物體，黑暗中我無法辨識物體形狀，但被擊中的祂面色懼怕，逃向黑暗中。

不知站在原地多久，直到感受到依依冰冷的手輕拍我的臉，我才逐漸回神。

「敬哲，你還好嗎？」

「你……你有看到嗎？是……蜘蛛，祂變成一隻大蜘蛛。」適才那一幕太驚人了，我從未見過靈體是以蜘蛛形體現身。

「沒，我什麼都沒看到，我剛去教師休息室找家偉慣用的筆、保溫杯，走出來便看見你在這發呆。師兄呢？我以為他跟著你呢。」

「我……不知道，我以為師兄一直跟著你呢。」我說。

「這裡好恐怖，我們趕緊找到師兄快點離開吧。」

語畢依依靠向我身後，從後方輕抓我的手腕，頗有小鳥依人姿態，對比她剛才義無反顧走向前頭的勇敢，我有些迷茫，但無所謂，我們得先離開這恐怖瑜伽教室。

我們撫著牆壁，在黑暗的瑜伽教室裡緩步上樓，沿路喊著師兄，只聞沙沙腳步聲在四處流竄，夾雜著開關門聲響。

忽地，我問起：「依依啊，你來這間瑜伽教室多久？」

「一年了，不過我也是斷斷續續上課。怎麼了嗎？」

「沒事，你對家偉有多熟呢？」

「他其實也不是壞人，只是……」

「啊——救命啊——」二樓某間教室傳來淒厲的求救聲。

「是師兄！」我們趕緊循著尖叫聲衝進教室，撞開木門，夜色濃重，雖無法照明教室全景，卻照出畏縮在教室一隅的李師兄。

他躲在窗戶下，慌亂喊著，「上面！在上面！小心！」

我們立即望向天花板，不看還好，看了霎時腿軟，兩人同時跌落地板上。

一張臉正對著我們，宛如蛇吐信般吐著舌頭，腥臭撲鼻，祂雙眼凸出，眼白充滿血絲，鮮紅一片，最可怕的莫過於祂的姿態，跟蜘蛛一樣，四肢扭曲，長長的指甲如同利爪，倒勾在天花板上，然而這不是剛才樓下的那張臉，這是第二隻蜘蛛妖怪。

祂的頭不停朝我方伸長，我和依依被逼得不斷向後退，千鈞一髮之際，依依將雷擊木丟向祂頭上，雷擊木化成一道拋物線，掠過上空，掠過祂的臉，卻未打中祂，此舉反激怒祂，祂憤怒發出嘶嘶叫聲，從天花板一躍而下，爬向依依。

「師兄師兄！怎麼辦？」依依緊張大喊。

「快逃啊！」李師兄不停拍打著窗戶，似乎準備跳窗逃跑。

但哪裡還能逃呢？跌坐在地板上的我們雙膝無力。

那隻大蜘蛛壓低身體，我一眼辨識出那姿勢同我童年看的Discovery動物影片一樣，是蜘蛛準備進行攻擊的跳躍姿勢，也不知哪來勇氣，或單純是反射動作，我居然也將口袋裡的雷擊木擲向祂（我真的沒要英雄救美）。

匡一聲正中祂的頭部，祂痛苦地向後一縮。

「幹得好啊，珍妮佛的表弟！」師兄喊著。

正當我們以為擊退祂時，祂轉過頭來，表情憎恨不已，原來一張臉上忽然多了三對眼睛，變成八隻眼睛，隻隻殷紅冒著血。不對，更正確的說法是蜘蛛原來就有八隻眼，祂只是睜開另外三雙眼睛。

「天啊——更可怕，大家自求多福。」李師兄又開始拍打著窗戶，企圖跳窗逃跑，而無力的我和依依眼睜睜看著祂再次發動攻擊。

祂發出嘶嘶怒吼聲，手腳外彎，似準備朝我跳躍。

果然一跳向我撲來，我根本無處可躲，只得抱著頭緊閉雙眼等著被結束，什麼純陽之人都是騙人的……真的遇到大boss的時候，全一視同仁。

預期性的死亡沒有到來，耳邊傳來吱吱吱聲響。

我一睜開眼，是表姊，她一手擒住蜘蛛的脖子，力道之大將對方脖子扭得嘎嘎作響，接著她向牆角一扔，蜘蛛負傷逐漸縮小，像顆球隱身在角落。

「姊，好在你來了。」我鬆了口氣，望向表姊，卻隱約看到緹瑾的五官，寬大的鼻，扁扁的嘴，表姊果然動用緹瑾的力量。

「珍妮佛……那……那是傳說中邪神的力量嗎？」師兄不知何時已直挺挺站在我身旁，全然無剛才的懦弱神態。

表姊的臉逐漸回復，她冷笑一聲後說，「我之後再跟你算帳，你居然帶我表弟來這，是不知道自己幾兩重嗎？」

「這……這……」李師兄無言。

「姊，這……祂是誰？」

「你們還不走，是要等祂回巢嗎？」表姊瞪一眼依依，轉身走出教室。

經過剛才的震撼教育，膽子有幾斤兩重大家各自心裡有數，沒人想多待在這鬼地方，眾人緊隨著表姊步伐，匆匆下了樓梯，離開瑜伽教室。說也奇怪，既沒有燈，也沒有地圖，但表姊總像能看清黑暗裡的一景一物，每一個方位動向準確無比。

出了大門已經凌晨一點，我們居然在瑜伽教室裡頭待了七、八個小時，全然未感時光流逝，現在才意識到情緒、身體像條過度拉扯的橡皮筋，一鬆懈，全身無不痠痛疲勞，哈欠連連。

脫離險境，李師兄喘口氣後說：「好在珍妮佛出現，不然我們全都完蛋了。」

依依一雙骨碌碌大眼滿溢感激，「謝謝珍妮佛姊，不過……剛才為什麼放走蜘蛛妖呢？要是祂又再害人怎麼辦？」

表姊以極為怪異的表情望向依依，眉毛輕蹙，似責備又似輕蔑，「你又為什麼希望我一定要消滅祂呢？」

為緩解氣氛我先幫依依招了輛計程車，「都這麼晚了，有什麼話改天再討論，先回去休息吧！」隨後我紀錄下車牌號碼，目送她離去。

「英雄救美，很厲害嘛。」表姊雙臂環胸。

「不是啦，我剛沒多想，救人重要，就這樣丟過去。」我說。

師兄拍了我一把，「不愧是珍妮佛表弟，剛超大膽，就這麼往妖怪那一丟，跟籃球國手投籃一樣，超準的。」一邊說還不斷模擬我的動作，我都沒笑他剛縮在窗台下的鳥樣。

禁不住他一而再三揶揄，我轉換話題，「姊，你怎麼知道我們在這？」

「說來話長，現夜深了，今晚先到李師兄的佛堂好了。」表姊以命令語氣說著，像佛堂是她開的一樣，揚起下巴。

「榮幸之至，榮幸之至。」李師兄鞠躬哈腰回應。

李師兄的佛堂不時舉辦法會，所以在佛堂附近的公寓租了三房兩廳，供泰國高僧、遠道而來的信徒使用，而我和表姊在梳洗後便待在客廳，李師兄則忙裡忙外，殷勤招呼表姊，畢竟關於珍妮佛這號人物，可說是佛牌界的傳奇。

「姊，我剛就想問，你怎麼知道我們在瑜伽教室？還是你決定幫依依了嗎？」她眼眸更加深沉，「阿哲，我說過我不插手，我也不打算出手，但……碰觸到我周遭人的安危，不得不顧。」

我想起剛才在一樓的空中瑜伽教室置物櫃前，一道光影驅離了祂，會不會表姊在那時已在我身後？若剛大蜘蛛攻擊不是我，是依依，表姊是否會出手搭救？現在回想要是表姊當時未及時出現，後果全不堪設想。

「那妖物可怕至極，真該早點收了祂，免得為害人間。」李師兄義憤填膺道。

「妖物？這世上究竟誰才是真正的妖呢？鬼不也是人變的？鬼會害人，人難道不會害人？」深層複雜情緒出現在表姊眼中，「我想先讓你們看一樣東西。」她閉上雙眼，喃喃唸起咒來，燈光忽明忽暗，師兄不安挪動身軀。

啪一聲，燈火像斷電般全滅，幾秒後一陣颶風拍打著玻璃窗，似有人在外拍窗，接著尖銳的咻咻聲透過窗縫間隙傳來。

接受過瑜伽教室的震撼教育還不夠，現在連佛堂宿舍都令人毛骨悚然，我抓著沙發扶手，倚向表姊，「姊，你不會在招魂吧？」

「啊——」話還未說完，李師兄刺耳的尖叫聲再次響起（我今晚聽到好幾次），他奔向我和表姊方向，而原先的座位上出現一名女子。

那張臉，是我在瑜伽教室一樓遇見的那個女孩。祂抬頭，滿臉屍斑，一半的臉皮已脫落，喉嚨發出嗚嗚嗚的喘嗚，似有極大委屈。

6. 敏柔

一雙纖細小腿跨出車門外，豔紅的高跟鞋更襯得玉足膚質白皙。碰一聲，女子輕闔上車門，指尖像留戀般地輕撫簇新的烤漆，嘴角有掩不住的得意。

這輛粉紅色的ＢＭＷ，是男友今年送給她的生日禮物，她滿心歡喜地想著，就差一點，等禮拜五正君與元配正式簽署離婚協議後，一切將水到渠成。

今年是她的幸運年，接洽車展的案件不斷外，還簽下不少時尚雜誌邀約，感情上更是勝利者。她知道自己的手段不光明，剝奪別人的幸福圓滿自己，但又如何呢？人生從來就不是公平，誰甘心永遠做羨慕別人的那一方，公平競爭留給起步點平等之人，像她這種來出生自下層家庭，父親沉迷賭博，從小不停遷徙四處躲債的人，本來就沒有公平可言，若不能依憑些手段、捷徑，難道永無翻身之日？有的人以智慧翻身，她只不過將之換成美貌罷了。

「敏柔！敏柔！」熟悉的尖細聲音自後方傳出。

原本上揚的嘴角僵了僵，她壓抑住厭煩的情緒，像女演員般，換上職業級的笑容，「家偉老師好。」

「敏柔，我剛好經過附近，順道過來找你。怎樣，要不要一起吃個飯？」家偉滑動手機，「你最喜歡的餐酒館現在推出新的防疫餐促銷活動，打八折，要不要試看看？」他臉色通紅，未可知是因為興奮還是剛才的小跑步引起。

她看著穿著粗製運動服，面目猥瑣的家偉，忽然有種噁心感，當初怎麼能跟這種人一起吃飯呢？還促銷活動？穿運動服上餐酒館？一點質感都沒有，什麼剛好附近，八成是跟蹤過來吧！不行，正君今晚會過來，得快點甩開他。

「真不巧，我今晚剛好有約。」她以甜美笑容遮掩極度的反感，腦子快速運轉著

——要如何以最快的速度擺脫家偉。

「可以一起吃飯，介紹介紹，你都沒介紹朋友給我認識過，而且哥都走過來，你捨得讓哥白走這趟嗎？」家偉嘟著嘴賣萌起來。

簡直快吐了，還哥哩？把你介紹給朋友丟人現眼嗎？她的噁心感加劇，正調勻氣息，手機傳來訊息，她低頭快速掃視，「今早點下班過去，提早二十分鐘，想訂什麼吃的先想好」，這才對嘛，想到西裝筆挺的正君，絕對不會說什麼促銷八折，這才是她要的人生。

「怎樣？一起嗎？」家偉繼續問。

看著家偉嘴臉，她努力隱藏那心底漫上來的鄙視，柔聲說：「不然這樣好了，我回去打扮打扮，老師先到餐酒館等我。」

「我可以等你啊，不邀哥去你家坐坐？」他睜大著眼，像獵犬見著獵物。

然而這些心機、小確幸只加深她的厭惡感，「唉，房裡有些亂，讓你看到我會害羞。家偉哥先去，我隨後來。」

她甜美的笑容幻化為一道道迷魂煙，吹得他心花怒放，笑著合不攏嘴，腳步輕飄飄往餐酒館邁進。

看著家偉遠去的背影，她暗笑蠢，都幾歲，三兩下就打發，隨後低頭按下手機的封鎖鍵。她早有計畫澈底脫離這個墊腳石，而他的黏人騷擾不過是加速這過程。

她掛著自信的微笑步出停車場，走向大樓，走回她的夢想之地，等待著正君的到來。

一切原本都很完美，依照既定的計畫進行，她逐一拋棄那些曾圍繞著她的鐵粉，更殘忍地說，是一一踢開絆腳石；她必須完美，必須單純，她要的不只是正君的女友，她想要的是上流人生，說是蛻變也好，還是蛇蛻皮都無所謂，窮苦是她誓死亟欲擺脫的過去。

唯一的差池是家偉，已經封鎖來電，已經講明不要再連絡，卻還不死心，玩著下三濫的伎倆。跟蹤、未顯示來電、向依依打探著她的行蹤，但最令她無法忍受的，居然自作主張送了一堆花到管理室。老掉牙的痴情攻勢，感動得了誰？自己丟人可笑就算，要是被正君看到以為她是不三不四，到處勾搭的花蝴蝶怎辦？被發現總說不清，不如化被動為主動，說不定剛好能搬到正君的自宅去。

於是某天趁夜，她向正君說起瑜伽老師瘋狂暗戀她的過程。加油添醋是必要的，不管是事業有成還是平凡的男人，骨子裡都懷有一股英雄浪漫主義，越是處境落魄的女人，越是能激起他們愛憐不分的情愫，這可是她試幾百回的經驗。

「這男的有病吧？天啊，真難為你了，怎麼不早點跟我說呢？」正君緊擁著她，就像呵護懷裡的一隻小貓。

「我不想讓你擔心，可是，我好害怕，那瘋子明知道我已經有對象，還一直跟蹤我，送花，還威脅我朋友透漏行蹤，我真的不知道怎麼辦……」她聲淚俱下。

「對付這種瘋子就是要以暴制暴，給他一點顏色瞧瞧！你放心，我絕對有辦法讓他不敢再騷擾你。等事情處理妥當，你搬過來跟我住吧。」

她低垂泛淚的臉埋在正君臂彎裡。

隔了一個禮拜，家偉果然安分許多，然而正當她準備搬進正君別墅前，卻發生正君墜樓的憾事，這摧毀了她的人生、夢想、乃至生命。

雖然沒有直接的證據，不過她斷定一定是家偉下手，此信念在得知屋主竟然是家偉後更加堅信不疑。

「呂小姐，我了解你一定很難接受，不過辦案講求證據，整個房子都搜索過了，監視器也看了，真的沒有龐家偉先生的蹤跡，如果有其他發現，會再聯絡你。」何警官開始有些不耐煩，龐家偉、賴正君的家屬兩邊吵，連這個小三也每天來警局鬧。

「誰說沒證據，光房子是家偉的就是證據，警察先生你聽我說……」她正欲啟齒重複家偉諸多狂戀的變態事跡，催著淚腺，想重演受害者戲碼奪取同情，然何警官卻推說忙碌，轉身就走。

無法信任的一群人，死公務員，她忿忿不平罵著。若警察查不出證據，那，她就自己去找！傍晚依依下班，她又開始絮絮叨叨關於正君墜樓事件，現警方搜索完畢，正好可以回去探查家偉留下的蛛絲馬跡，沒想到依依聽到家偉名字卻嚇得不敢吭聲，何況還回套房！沒用的傢伙。

趁著天未黑，她再度重回事發現場。

一開門，從天花板垂吊的水晶吊燈照亮了全室，進口的歐風家俱、粉紫的窗簾，潔淨的大理石地板，滿溢著甜蜜的氣息，沒有電影裡兇殺案黃布條、塑膠袋等，一切如舊，絲毫未見凶宅氛圍。

話雖如此，她仍不敢走向陽台，那會讓她想起正君墜樓那晚。順著迴旋梯走上二樓的夾層，從衣櫃裡拉出行李箱，拾掇起衣物，靜謐的氛圍甚至令她打起哈欠來。

她遂走進浴室洗把臉，想讓自己清醒清醒，這些日子她受失眠所擾，夜裡睡睡醒醒。感受到一股冰涼濺在臉上，著實清醒不少。

嘶——嘶——

她停頓一會，確實聽見了異樣聲音，似從身後傳出，她屏氣凝神，一、二、三，快速抬頭望向洗手台掛鏡，然而身後一片清朗，反射著久無人用的毛巾和花磚。

也許是聽錯了，但內心開始泛起的不安如雪花般緩緩降下，陽台透著紅色的夕陽，天色也近傍晚，提醒著她趕緊離開不祥之地。然而走出浴室，再次步上二樓階梯，驚人畫面讓她失聲尖叫。

家偉正以怪異姿勢出現在她房裡，上身向後仰，再從兩腿間穿出，像一隻蜘蛛，青白的臉，舌頭伸地長長的，表情詭異，但看得出來正對著她笑，且左右移動，彎曲的四肢似興奮般顫抖不已，就像他先前每次看到她那樣。

「你……你不要過來！」她逐步後退，思索著附近有無東西可保身。

家偉搖頭晃腦步向她，堆滿笑意的臉猙獰得可怕。

「你走開！怪物！」她轉身衝下樓梯，想以最快速度奔向大門，腦海也閃進一個念頭，會不會那天，正君也見到相同可怖的畫面，才從陽台跳下去呢？

眼見就快到門口，眼見就要逃出樓中樓，沒想到家偉從夾層一躍而下，正好壓在她身上。

肌膚傳來家偉四肢的觸感，皮膚軟爛，體溫冰寒帶點刺痛，陣陣腥臭撲鼻，她不停揮舞、拍打著家偉，或長的像家偉的蜘蛛怪物，可祂的四肢如鋼筋般冰冷堅實，緊緊捆裹住她。

「啊——」再多的恐懼也無法化為言語，她的腦海裡只剩最簡單，最能表達驚愕的尖叫。

家偉斑駁的臉湊向她，「嘶——再也，沒有人可以分開我們了，永遠留在哥身邊吧。」

7. 神祕的套房

滴答滴答滴答……時鐘規律的腳步聲在寂靜時刻益發清晰。

「嗯……」李師兄吐向垃圾桶，我將衛生紙遞向他，順便轉身迴避敏柔可懼的模樣，別說因腐敗而斑駁的膚色，祂沉默的神情也挺嚇人，雙眼發直，好像隨時會撲過來一樣。

「這就是我說的不要多管閒事，現在一隻一隻全跑來，當我這是法庭。」表姊仍一派淡定，撥弄著她纖長的指甲。表姊常年在泰國四處奔波，見多了詭奇法事和凶殘靈體，自然不覺可怕。

常人常以為靈體是淡淡地一抹身影，但某些靈體卻很具體，就像眼前的敏柔紮紮實實地坐在沙發上，甚至能讓空氣裡散發著腐臭氣息（當然師兄的嘔吐物酸臭味也是原因），我忍不住屏住呼吸問：「你究竟去哪了呢？警察都沒有找到屍體。」

敏柔布滿屍斑的手輕撫頰前的髮絲，手腕、頸部多處有著大大小小勒痕，祂露出見骨的前額，氣若游絲說：「那裡很黑，我哪裡都去不了……幫幫我……」又像是想起什麼事一樣，原本憂傷的表情倏忽轉而憤怒，雙目充紅，血水自眼角流出，怒吼著：「我要殺了他！殺了他！全是他一手造成！」

隨著祂失控的情緒爆發，房內又颳起陰風陣陣，腥臭薰天，祂陡然彈起，雙手張牙舞爪撲向前，如同電影裡盛怒的怨靈，怨恨波及旁人。

「珍……珍妮佛……」李師兄不知何時已躲在表姊沙發後，我故作鎮定，等待祂下一個動作，明明只是一彈指間的事，卻連汗珠滑落的臉龐的感觸都如此清晰。

表姊不耐煩地嘖一聲後站起，在祂衝向我們的時候以食指指尖輕抵住祂的眉心，閃起一絲藍青色光芒又隨即消逝，祂向後一倒，接著像顆皮球般彈到窗邊，祂心有不甘，又再度向爬來。

「我會幫你找到屍身，退下！」表姊說。

靈體敏柔嘴角囁嚅著，似有不甘，但又懼於表姊的威嚇，只得慢慢淡出身影。

過了半晌，師兄探頭探腦地問：「走了吧？走了吧？」確定靈體已退出後，他放下緊抱的垃圾桶，又瞧了我一眼，正色說：「祂來的太突然，不然我平常不是這樣。」

這還用說嗎？今日我對李師兄已有更深刻了解，所以我禮貌性點點頭，轉向表姊，「所以，我們接著要回到敏柔的套房嗎？」

表姊嘆口氣，揉著太陽穴，「所以我才叫你不要多管閒事，現在全攬在身上了。唉，你跟依依說，我們會幫她處理，叫她準備鑰匙吧。」說完起身，逕自走回房裡。

我還沒問要是依依借不到鑰匙呢？表姊就飄忽地走回房間休息了，將我們拋在身後。

「咳咳……珍妮佛的表弟，我先說可不是不幫你，佛堂接下來活動很多，所以我走不開，如果有需要提供什麼，再向我要。」師兄滿臉通紅。

我覷了他一眼，原先就沒把他放在計畫裡，他倒是先開口撇清，不管怎說，我打算先休息養精蓄銳以應付明日的難題。

也許是昨日與大蜘蛛的一場硬戰竭盡所有體力，我難得地睡了近十個小時，待我醒來時，已經日過正午，滑開手機，全是依依體貼的問候和感謝等字句。

腦海裡飄出依依溫柔的雙眸，迫不及待告知昨晚敏柔現身後，表姊如何以一個彈指制止住祂的攻擊等事蹟，依依激動地再三感激，並且願意代為尋覓敏柔套房的鑰匙。

「你說……珍妮佛願意處理掉那些怨靈？」話筒裡有遮掩不住的輕鬆和驚喜。

「是啊，不過，可能需要你幫我們借鑰匙，需要再回到敏柔的套房，我想有些危險，你最好不要跟來，先到師兄的佛堂好了。」雖然我也不覺師兄有多可靠。

依依頓了頓，「敬哲，我想……一起去找敏柔，雖然我認識她不久，但她一直對我很好，而且我相信珍妮佛一定有辦法！再說了，你也在不是嗎？有你在……我覺得很放心。」

依依的話宛如一道暖流，平復我的焦慮。對於尋找敏柔屍身，我不是不擔心，但一來有表姊在，二來，依依的溫柔，總是鼓舞著我，於是我允諾她，盡快處理完這件事，好讓她能平安無憂，或許這事件結束後，我能鼓起勇氣，結束我母胎單身身分。

幾日後我和表姊依時抵達大樓門口，依依已在門口等候，她紮著馬尾，穿著簡便T恤和牛仔褲更顯青春嬌弱。她滿臉感激向表姊說道：「我真不知怎樣感謝你願意伸出援手，幫助我。」

表姊冷冷掃了她一眼，「你怎麼不會認為我是幫助祂們呢？」說也真奇怪，表姊雖素來對人冷淡，但這麼多次接觸下來，明顯是對依依有些反感。

依依原本白皙的臉色更為蒼白，且鬱結一股怪異神情。我趕緊打圓場，「表姊不是這個意思，你別誤會，我們先上去吧。」我推著依依進大樓，表姊搖搖頭不置可否。

畢竟是命案現場，原以為會受到許多刁難，但依依僅向管理員說一句「拿敏柔的遺物」，管理員不僅快速放行，還從抽屜拿出護貝的護身符卡，鬼祟地說：「雖然你們人多，不過你有帶什麼護身符之類吧？要不我的先借你？左鄰右舍……都反應晚上聽見有人在尖叫呢。」

依依鎮定，「大叔你別擔心，我們有請專業的來處理，而且啊，你說的那些東西我都有。」

「你說你身後的是法師嗎？」管理員狐疑地上下打量我和表姊，接著說：「啊，真看不出來……你趕快幫我們把那些不乾淨的東西清乾淨，你不知道，接連發生這種事，別說那間凶宅，連附近住戶的房子都賣不出去呢，大家很困擾。」管理員加快腳步，替我們按了電梯。

敏柔的套房位於十八樓，電梯以龜速攀爬，表姊和依依都不發一語，氣氛有些凝重，我夾在兩人中間，決定說些話好活絡氣氛，「姊，你覺得敏柔和家偉真的還在套房內？」對於能否在套房中找到敏柔，我仍疑信參半，不過若真跑出了什麼東西，依依在身旁，我好歹也有個心理準備。

「現在知道怕了？」表姊輕笑，「跟著我就好，若真發現屍體，就連絡警察局，我也就功成身退。」

我點點頭，轉向依依，「待會跟緊些，現在白天的，別太擔心。」

依依稱是，表情有些僵硬，微笑露出淺淺的梨渦。

嗶一聲，電梯門打開了，一股濃得化不開的腐臭味撲鼻而來，空氣中參雜著廉價香精味，似乎原本欲以香水味遮掩臭味，反融合成極其詭異的惡臭，整個走廊全泡在這股異味中。

說來慚愧，當敏柔現身佛堂宿舍時，我都沒作嘔過，但在此刻，依依面前，我卻失態地乾嘔連連。

「敬哲，沒事吧？」依依遞來方巾。

我趕緊將方巾摀著鼻子，靠嗅著上頭的香味轉移注意力。依依的方巾味道特殊，不像時下女性喜愛的花香、果香，是靜心的檀香，讓我想到了佛堂。

轉開鑰匙，推開大門，當照明燈一亮時，白淨的燈光照亮一室，裡頭潔淨異常，沒有混亂、沒有骯髒命案現場的痕跡，沙發、餐桌上擱著白布，顯然已清理過，或許家偉的家人正等著要轉售凶宅。

清朗的日光穿透落地窗，一室明亮潔淨，所以我並不覺害怕，回頭看依依，她也以一雙骨碌碌的大眼張望四周。

警方和家偉的家人都來處理過，若真有什麼早就被發現，為什麼表姊還堅持回到這呢？敲敲這些牆壁也著實是實心，油漆雖平整，卻也不像新漆上的，並沒有像電影、命案裡埋藏屍體的可能。

天色明亮，敏柔的套房不脫十五坪，我們三人相距不差一尺，發生什麼事也有救援。我們就這麼直驅屋內，搜索可能埋藏屍體的蹤跡，除敲牆外，連櫥櫃、書櫃都翻遍，還將沙發移位，但怎樣就是沒能找著能藏身的所在。

「姊，你確定敏柔祂在這？」我問。

表姊閉眼沉思，「嗯，我感覺到了，不只祂在，祂也在，祂一直看著我們。」

我毛骨悚然，望向四周，只見空空蕩蕩一片，天色未暗，室內卻泛起一種淒冷。客廳的搜尋毫無所獲，表姊便領頭帶著我們走向樓上臥室，金屬扶梯踩著咚咚咚響著。

臥室極清簡，就算曾有證物、重要物件也全被警方、家偉的家屬帶走，只剩靠牆的床架、梳妝台、小沙發、衣櫃。

一整排靠牆的衣櫃最令人起疑，表姊直挺挺走向前，嘩一聲拉開櫃門，裡面衣物早已淨空，徒留架上的衣物芳香袋。表姊一個，一個的拉出衣櫃的收納櫃檢查。

一無所獲後她走到床鋪旁瞄了瞄，「阿哲，這是掀蓋床鋪，你把它拉開。」

我「喔」了一聲走向床鋪。

表姊留得滿手長長的水晶指甲，自然不適合做這等苦差事，雖我不太相信警察都沒找著的屍身，會被我們找著，但心裡還是撲通撲通地跳，手抓著木板片，做好心理準備。

然而未等我拉起床架，依依的尖叫聲率先響起。

我和表姊齊望向她，只看到依依的下半身，淺藍牛仔褲的雙腿在衣櫃外扭動著，而上半身像有個拉力拉向衣櫃。

「依依！」我急忙先衝向前，奮力抓住依依的腰，順著依依的上半身望去，另一端竟是敏柔。

敏柔青色的雙臂緊捆依依的頭和肩，欲將她拉往衣櫃內，原本衣櫃的淺色木板不知何時成了長長的甬道，陰暗幽深。

「可惡！」表姊結起手印，唸起咒，但哪來得及，敏柔力道之猛烈，依依瞬間整個被拖進衣櫃的黑洞內，連帶我也被拉進去，來不及喊救命，回頭望向表姊，衣櫃的入口，就是黑洞，正逐漸閉合。

8. 鏡像世界

「敬哲！敬哲！」依依輕拍我的臉，我像是長久憋氣後終可呼吸般地喘了一口大氣，適才猛烈的撞擊讓我失去了意識，只記得妖怪化的敏柔死命地將依依拖往衣櫃內，下一秒便感覺像踩空般不停地下墜，還來不及發出尖叫就撞上地板。

初睜開眼時仍無法聚焦，眼前畫面如同彩色萬花筒，隨著時間絢爛的光影散去，化成瑜伽教室內空中瑜伽的掛布。

「我們怎會回到瑜伽教室？這裡好冷。」依依縮著身體，打著哆嗦問。

我仔細端詳教室，和煦的日光從窗邊斜斜照進，打亮了教室，與先前陰森感迥然不同，「這裡不是瑜伽教室，我說，不是我們那個世界的瑜伽教室。」

依依歪著頭疑惑地看著我，來不及解釋，便聽見三三兩兩腳步聲由遠而近逐步放大，依依靠向我，我們神情戒備，如臨大敵。

第一個跨進來的是正常版、人形的家偉，他開了電燈，像沒看到我們般走入教室角落，開啟放音機，嘴裡還哼著歌。接下來，陸續有同學走入教室。

「你看，那不是你和敏柔嗎？」我指著另一端的兩個女孩，陽光燦爛的打亮她們的微笑，她們表情單純、愉悅，對未來會降臨在她們身上的噩運一無所知。

依依張大了嘴，半晌後說：「那衣服、表情、說話口氣確實是敏柔。」

音樂響起，家偉在教室前方呼著指令，指導學員做出各種瑜伽動作，她們齊跳上掛布，肢體時而延伸，時而緊縮在胸口，掛布也跟著擺動起來。

當依依沉浸在懷舊情懷中時，我赫然發現鏡中的我們是沒有倒影的。我想起平行時空概論（Parallel Spacetimes），在不同維度的世界有另一個你，聽起來很科幻、酷炫，但我一點也不因見證平行時空而興奮，因為要是永遠被困在這裡就麻煩，我必須快點找到回去的路。

「敏柔從衣櫃拉你進來，你沒受傷吧？」

「啊？」依依怔了怔，「沒有，你們走到床鋪那時，祂忽然從衣櫃出現……你看，那叫吸血鬼式，要利用掛布將身體倒過來，敏柔每次都沒辦法翻過來，都要家偉幫她。」果然家偉走到敏柔身側，向她背後一抬，敏柔就在空中翻了一個滾。過程驚呼連連，他們三人笑成一團，似乎相處融洽。

「依依，你先別懷念，我們得想辦法出去，我們對這個時空的運行、時間感一無所知，我怕要是我們待太久了，會跟浦島太郎的傳說一樣。」

「浦島太郎？」

「去龍宮做客，一晃眼就近百歲啊！還是李白大夢之類的。我猜敏柔的衣櫃或許是個通道，只要跟著敏柔就可以找到回去的路。」

就這麼一來一往對話中，課程結束了，學生們依序走出教室，如先前所述，家偉又纏著敏柔攀談。

「敬哲，你說，是不是男生都喜歡敏柔那樣呢？」依依忽然問。顯然地依依還沒中斷她的思友心切。

我打量敏柔一眼，沒有瘀痕、腐爛、脫皮的臉，五官精緻，稱得上是當前社群認定的美人，但也僅僅如此，要說喜歡，又覺得太完美有距離。

「還好，談不上喜歡。」我回答，但從依依敷衍的表情我知道，她不相信。

我們跟著這個世界的敏柔和依依走出教室，距她們身後一步，兩個女孩友誼濃厚，她們勾著手，談家偉的痴，談正君大氣，說來膚淺，但她們真的很快樂，畢竟置身於功利社會的年輕女孩，終日活在炫富的社群媒體渲染中，要不受影響很難。

隨著她們的步伐走，竟也走回套房，原來這天正是她們看屋的那天。敏柔對這套房簡直是用一見鍾情來形容，喜愛之情溢於言表，滿是讚嘆裝潢、家具配色等，而這個世界的依依表情卻有些詭異，有些竊喜，又有些懼怕，複雜得很。

「好的，那就請呂小姐在這簽字吧！」仲介說。敏柔毫無猶豫，像簽收掛號信那樣拿起了筆。

「不行……不可以……」我身旁的依依劇烈搖頭。

「你先冷靜，就算改變了另一個時空的人事，也不一定能改變原來時空的結局。」我輕拍依依。

「不行，這房子，她不能住這房子！」她仍激動地喊著，眼眶有止不住淚花。

「她看不到你的。」

依依不為所動，竭力撲向前，欲奪走敏柔手中的筆，但如我所說，我們在這個世界是沒有實體的，她就穿過了敏柔，撲了個空。

「不行！停止！停下來！」

「依依，依依，你冷靜。」

「不行！對不起，敏柔，我對不起你。」眼見無法制止敏柔簽約，依依幾乎崩潰跪下。

她突如其來舉動讓我有些矇了，我知道她與敏柔是閨蜜，但人死後追悔又有什麼意義呢？敏柔的死多半也有些咎由自取吧！

耽溺在不可逆的結局裡哀傷實在有些浪費時間，「我們趕緊回到衣櫃那吧！表姊還在那頭等我們。」

正準備走回樓上，忽然碰一聲燈光全滅，眼前的仲介、和這個世界的敏柔、依依也跟著消逝了。

二樓傳出咿咿呀呀的聲音，溫度驟降，一種不尋常的冷布滿其間。

我抱著激動不已的依依，「依依，你冷靜，我們先離開。」直覺告訴我，如果另一個時空的我們能闖進來，自然祂們也可以。

「嘻嘻嘻——」還未走到門口，眼角即瞥到二樓有搖搖晃晃的黑影，我加快腳步到門邊，卻怎樣也搆不到門把，畢竟在這世界我們是沒有實體的。

依依瑟縮問著：「祂……會不會也看不見我們？」
「恐怕不是，我們能從另一個世界來，自然某些東西也能過來。」
咚，黑影從二樓躍下，重量讓地板為之一震。
「我想辦法把祂引開，你快到二樓衣櫃那。」我說。
如果衣櫃是入口，那會不會也是出口呢？坦白說我沒有百分百的把握，但衣櫃是最有可能的出入口。
我迎向蜘蛛，雖已非第一次見面，但仍被那八隻眼睛的臉給驚駭住。
一個人死了不是變成一般靈體，反而成了蜘蛛妖怪，人要入魔，是要多大的魔怔、執著才能夠？接著我以百米短跑姿態衝向前，雙腳奮力一蹬，騰空飛起，跳到客廳。
「來啊，醜男，痲子臉，怪不得敏柔嫌你。」我試圖激怒祂，往祂死穴戳，成功轉移祂的注意力，正好挪了空隙讓依依奔向二樓。
蜘蛛腳彎曲，準備展開攻擊，我回想著先前Discovery頻道的蜘蛛，去猜測跳躍方向，猜中好幾回，但有幾次就差點被祂尖銳的蜘蛛腳給刺中，靠著靈活在地下的滾動躲過。
「敬哲，不是，樓上衣櫃沒有通道！」依依大聲呼喊著。
「再找找！」我說。再躲過一次蜘蛛跳躍攻擊。

但也不是次次好運，我忘了蜘蛛會吐絲這件事，家偉咻一聲，細白的絲線噴出，讓我措手不及，為躲避蜘蛛絲攻擊一時腳滑，跌在地上，左腳傳來劇烈的鈍痛，這下糟了，我賴以跟蜘蛛搏鬥的靈活度頓時喪失。

家偉發出嘻嘻嘻竊喜笑聲，慢慢靠近我，像是嘲諷，又像是一種勝利者對戰敗者的凌遲。

我拖著扭傷腳踝，一拐一拐向後靠。在我們相距五步之遙時，另一個黑影落下，是另一隻蜘蛛。

我根本就不是蜘蛛的對手，更何況還是兩隻……就當我不抱希望的拖延時間時，另一隻蜘蛛，就是敏柔，發動攻擊了，只是祂的攻擊對象不是我，是家偉，祂們扭打做一團，在客廳撞來撞去，明顯敏柔居於下風，但我無暇觀戰，趁隙半爬半跳到二樓。

依依正不停的衝撞衣櫃，一次一次的撲空。

看著她滿頭包，「別試了……」我定下心來，望向四周，如果衣櫃不是出口，那又是在哪呢？

豁然發現衣櫃跟另一世界位置不同，我問：「衣櫃怎麼跟來的時候位置不一樣？」

依依說：「當初的衣櫃就是在落地鏡前，因為嫌不吉利，後來才用衣櫃擋住。」

「鏡子！」我驚喜地大喊著。豁然開朗，「鏡子」是關鍵，畢竟自古就被薩滿教視為神器，鄉野奇談也有不少關於鏡子的傳說，有一說法是鏡子能通向另一個世界。

「鏡子是反向的世界，」我湊向鏡面，不斷呼喊著表姊，如果鏡面真能通到真實世界，那音量是否也可以？接著輕叩鏡面，果然，這世界其他物品，包含衣櫃、門把於我全都是虛的，摸不著拿不到，但這面鏡卻是真實的，撞著還能發出實體聲響。我和依依急忙衝撞鏡面，然而力道卻不夠，就怕另一端的敏柔敗下陣來，到時我們又成了蜘蛛的點心大餐。

「嘶——」一個黑影慢慢爬上樓梯，是家偉，看來敏柔已敗下陣來。

「依依，只能這樣，待會我數一二三，能不能回去就看這次。」我挺起右手肘，壓低頭，數到三向鏡牆一跳。

匡噹——碩大的鏡牆終於碎裂，這世界這像傾倒九十度般，我和依依又雙雙跌入碎鏡後的甬道內，撞開另一側真實世界的鏡面。

像從高處落地般我從鏡牆彈射出，滾落到真實世界，接著依依也跟著落下，而比我們更早落下的是家偉和敏柔失蹤的屍身，原來鏡牆後方有個密室。

祂的屍身緊緊裹住敏柔，肢體緊纏著，表情滿足，相反的，敏柔一臉愕然，像生前受到極大驚嚇，下巴無法閉合張得大大的。

「表姊……」我氣喘呼呼指向鏡牆，原來落地鏡後方有約半坪大的空間，堆放罐頭、餅乾、棉被等雜物，想來是家偉的藏身處。他將套房租給敏柔，然後不知蟄伏在牆後多久，偷窺著敏柔日常生活，而我推敲也許某天有人誤觸機關，家偉被鎖在鏡牆密室內，生前的執念讓他成了魔，連帶展開報復。

表姊指示我聯絡警察後，接著打起坐來，喃喃念著經。我無法解釋，但當下已覺心安，我們找到了敏柔屍身，也找到家偉。

警方很快的到來，關於平行世界之說的解釋實難取信於人，所以僅以替命案現場作法，並意外發現屍身做結。

最後我們三人一同走出大樓，天色雖暗，全身疲憊，但我卻覺得心情一片清朗，順利找回敏柔和家偉，謎題逐一解開，我以為依依會開心，但反常地，她一言不發，面容疲憊地流著淚。

或許是累了吧，我心想，隨手招了輛車，打算先送她回家，我開啟車門。

未料她搖搖頭說：「敬哲，這些日子真的謝謝你，幫助我找到敏柔。」

「哪裡，我答應過你的。倒是敏柔有你這樣重情重義的好朋友也不容易。」

她雙眼哀淒地看著我，眼裡複雜的情緒我無法辨認，「依依，你怎麼了嗎？好像不太開心。」

「不，有些事我要再向警方說明。」

我微微一震。

「雖然我沒有真正殺死敏柔，但是我把敏柔找房子訊息給家偉的，也是我故意傳給她租屋訊息的……」她搖頭，「我沒有想害死任何人，我只是想，憑什麼她可以一直那麼幸福，憑什麼所有的人都愛她，我只是想讓家偉去破壞她和正君，不知道會發生這種事……」

我倒吸一口氣。

「我好掙扎，原本希望能假裝這件事從來沒有發生，好好生活下去，可是我卻常常地夢到她，今天看到她那種模樣……我多少是有些責任的。敬哲，如果可以重來，我一定會阻止，不，我不會故意釋放消息給家偉，也不會讓敏柔住進那間套房。我雖然沒有殺人，但沒有我那小小惡作劇，後來也不會產生那些悲劇了吧！」她輕拍我的肩膀。

我回不出任何話來，只能目送她離去背影。

表姊坐進車裡，「有那麼震驚嗎？你不早就起疑。」

「我確實有想過，但是……」

「人對所愛之人，大凡都有美化的傾向吧，就算親眼看到證據，起疑時也催眠自己看錯了。」

我苦笑，「她不是壞人，只是一時妒忌罷了。」

「這世間有多少慘烈的悲劇，是由小小的惡行開始的呢？走吧，別看了。」

回程的路上，我想起先前表姊的諸多冷淡，「姊，你是什麼時候知道的？」

「喔，當她第一次走進佛牌店的時候，敏柔正在外面等著她，可卻又不曾加害於她，我想兩人有些心結需要解開。」

「那你為什麼不早說？」怪不得一直都是那種表情。

「唉，就說你傻，你滿腔英雄救美的慾望，我哪敢說穿你啊，就等你自己發現。現在幻想破滅，難過嗎？還喜歡她嗎？」她難得俏皮一笑。

我望著逐漸縮小的大樓，搖搖頭說：「小奸小惡，人皆有之。」

第四章

舌粲蓮花

1. 小明星求牌

若不是大白千辛萬苦的拜託，我是不會答應帶林嘉翔去找表姊的。

「拜託啦，我哥真的很努力，他只是懷才不遇，需要一點機會而已。」大白重複第一百零一次的懇求，水汪汪的大眼猛對我眨眼睛。

「唉，不是我不幫你，只是表姊那間店神祕兮兮，既然找不到就代表沒緣分。」我兩手一攤，表示無奈。

表姊從泰國回來後在台中開了一間佛牌店，沒廣告、沒主動找客戶，開店半年名聲卻已紅遍各大網媒論壇，更被荒謬地封為先知、仙姑、世紀末女巫等。這些謬讚雖然全言過其實，但表姊的佛牌店確實有它奧妙之處，裡頭的聖物全是表姊親自到泰國跑廟求來，不像有些牌商貨源不清，或很多是批發工廠貨，再說自從許威啟事後表姊每年有一半時間到泰國修法，真假貨一感應便知，而承襲緹瑾留下的部分魔力是助力，也是隱憂，她現在不只有陰陽眼，更能跟陰間的人對話。

新事業快速竄起，我是為她開心的，但也增加不少困擾。知道我是珍妮佛表弟的人，舉凡失戀、投資、結婚、求學，甚至換屋看風水全紛紛求我代為引見，因為表姊那間無招牌佛牌店就算你照地址也無從而入，我想也是因為她容易心軟，才讓那間店變得如此神祕，省去不合適的客戶。她總說跟鬼神打交道反而輕鬆，鬼神的世界有一定秩序可言，懂得祂們的規則便能相安無事，然而人卻沒有，一再為貪慾犯規才是最麻煩的地方。

「所以才需要你幫忙啊，你記得前幾年我還有幫你辦烤肉耶！」大白扁扁嘴，「我哥人真的很好，吃苦耐勞。國小那年我父母離婚，爸爸跟人另組家庭，家裡都靠哥哥支撐，他都快三十歲，看他這樣懷才不遇我好心疼。」

「世界上沒那麼多懷才不遇，肯定是哪裡出問題，要真實地回溯自身……」讀了四年哲學系，我忍不住掉起書袋，但話還沒說完大白就打斷我。

「你既然不肯幫忙，也不用說我哥不好吧，何況你又沒見過他，他在演藝圈工作快十年，比別人還拚，每個月還去做義工，幫老人剪頭髮、洗流浪狗，這麼善良的人，你都不肯伸出援手嗎？」她一邊急急滑開手機中的臉書檔案，一邊進行道德勒索。

螢幕中的照片明顯經過修圖，多從側面拍攝，男子穿著短袖，手臂刻意用力以讓肌肉糾結膨出，油頭粉臉，五官深邃，濃眉大眼，卻也不到擦肩而過時會令你回頭注目的人；檔案寫中俄混血，實際上大白根本是土生土長的台灣人，兩人又不是同父異母，八成只是噱頭。

謊冒的混血兒足以讓我覺得虛偽，配上痞子氣質，在劇烈競爭的演藝圈裡不紅也是有原因的。當然這些我不敢跟大白說。

「你看，是不是很帥，就是運氣不好才不紅，我哥也不是貪心要請妮方姊讓他大紅大紫，只是想要多接一點戲。」大白哀求。

萬般無奈下我只好傳個簡訊給表姊，我知道不答應大白會吵不停。

大白總說她哥有多麼可憐多上進，但實際相處後完全不是那麼回事，我想人難免用美化後的柔焦鏡頭評估自家親人。

第一眼印象就注定我討厭大白的哥哥，那天南下找表姊，他一早開車來接我，一下樓便見他站在一輛豔紅的Maserati前忘我地自拍，就算戴著墨鏡還不忘擠眉弄眼，十足自戀。

等了兩分鐘，他仍陶醉自拍，「我們可以上車了嗎？怕遲到。」我忍不住問。

夏日炎炎，他鼻頭的粉底略為脫妝，塗滿粉色唇蜜的嘴唇說著：「等我一下，我先上傳，你知道，幹我們這行的，隨時要跟粉絲保持聯繫，隨時打卡，上傳帥照，增加觸及率。你不介意我戴墨鏡吧？被認出來就不好。」他邊滑手機邊說。

老實說，這人連C咖都不見得稱得上，我有百分百自信絕對不會有人認出他，但畢竟是大白的哥哥，我只好按捺住性子等待。

忽然一名西裝筆挺的男子拍了我的肩，「不好意思，可以借過一下嗎？」

「什麼？」

「這是我的車，你們擋住了。」車主口氣客氣，但眼神輕蔑。

「對不起，對不起。」我羞愧道歉，趕緊移步至人行道上，原來這輛車不是大白哥哥的，可他卻慢條斯理走到騎樓下，似乎事不關己，好似我才是那個在別人車前自拍的傻蛋。

他悠哉上傳完貼文後，抬頭對我燦笑，「感謝你幫忙，我叫林嘉翔，藝名克里斯，走吧。」

他領著我走到巷子內，打開一輛極為陳舊的BMW車門。對於我這樣子然一身月薪兩萬八的補習班行政而言，有車就不錯，管他破銅爛鐵也沒什麼好嫌，但拍別人的名車上傳照片還是蠻可笑。

往南的車途中，他聽到我母胎單身先是詫異，露出幾許戲謔笑容，接著像要傳授心法說些「其實啊，女人頭腦很簡單。」「就像釣魚一樣，有耐心，有毅力，等上鉤了自然對你百依百順。」「這輛車頭期是我前前女友付的。」說完露出得意笑容。

儘管那自以為是的表情有些惱怒我，好像單身就是魯蛇一樣，但念在他是大白的哥哥，我還是僵著臉跟他有一搭沒一搭的聊。

抵達台中停好車後，我和他走進暗巷內，盡頭那不起眼的鋁窗門即是無招牌佛牌店。身後的他戛然止步，「等一下。」

「你又要幹嘛？」經過兩個小時的疲勞轟炸，我快沒耐心。

「我先整理一下。」他拿出唇蜜，再次將嘴唇塗得油亮。

我心裡白了他一眼，根本沒人要看他好嗎？逕自拉開鋁窗門走進屋內。

店裡擺設依舊，佛牌櫃、符布、佛像、接待桌、古曼童，空氣裡散發著沉穩的線香氣息，幾絲煙絲從香爐裡裊裊升起，電燈為感應式照明，以光亮迎接我們。

「我還以為女巫的家應該要很陰森，沒想到看起來挺溫馨呢。」他讚嘆著，手伸向玻璃櫃對側的娃娃們，她們圓滾滾大眼睛，嬌俏睫毛，穿著蕾絲洋裝，頭頂著小洋帽，看似天真無邪，卻是女大靈們的金身。

要知表姊店裡的東西可全是聖物，有靈體附著，不得隨意觸摸，我還來不及阻止，表姊冷冽的聲音便從裡頭傳來，「她們不想要你碰。」

她坐在佛堂旁的沙發上，一襲黑色一字領長洋裝，翹著二郎腿，筆直的小腿趿著拖鞋，紅色指甲油將膚色相襯得更加蒼白，她漫不經心修著指甲。

林嘉翔換上一張討好的臉，卑躬屈膝道歉，「喔喔，對不起，這些東西……要是有什麼損壞我買下。」

「不是錢的問題，是他們並不想跟著你。」她淡淡地說，「**聖物跟人一樣是講求緣分，真正的聖物不是你花錢買下，是祂選擇你。**」

表姊的手輕拍沙發，我坐在表姊身旁，而林嘉翔則坐在對側。

儘管她態度冷淡，但林嘉翔仍十分熱絡，諂媚笑說：「原來如此，仙姑。那麼能不能幫我找一個拓展人緣，可以多接點戲的聖物。」

表姊定定地看著他，那打量的眼神令人不寒而慄，「你並非只想多接點案件吧……」

林嘉翔停頓一會，「真瞞不過仙姑，除了多接點戲之外，還想要多點桃花。」

「咦？」等等，是誰剛在車上說女人很簡單？我轉頭看向他。

他臉不紅氣不喘說，「憑我的長相，臉蛋堪比柯震東俊俏，身材比王大陸還健壯，你說，憑什麼沒戲可接，憑什麼不能演男主角，我缺的，是命運和背景。」不只說說，他更撩起上衣，顯露鍛鍊出的六塊肌，大言不慚說：「我需要能帶來財富的桃花。」

我還震驚在他的自信中時，表姊皺眉，別過臉，「得了得了，把衣服拉好。」她咳了兩聲後拿起桌上的茶杯啜飲一小口，「我欽佩你的自信，演藝圈的生態我不懂，但佛牌能給你的有限，人生苦多於樂，過得剛好就好。」

「不行！」他從沙發上站起，「我不甘心。我看新聞說ＸＸＸ請了佛牌之王後爆紅，ＸＸＸ請法師作法幫富商生了三個小孩，憑什麼我不行？多少錢請一尊佛牌之王，你開金口。」

表姊搖頭，「不是這個的問題，上等料的崇迪佛牌你要買還沒人賣，且你這貪念絕對不是崇迪佛牌可以滿足你的。若說陰牌嘛……沒有平白無故的好事，你能拿什麼去換？要是這樣有效，每個來求牌的人早就都中樂透。至於你說的那種法術我沒有，但要平順事業運，多接幾場戲保平安的我可以給你。」

林嘉翔氣餒坐下，「如果用不到佛牌之王，我聽說跟狐仙姊姊求桃花一樣有效，我一定會好好供養。」

「這句話我聽過很多次，有些人是不適合供陰牌的，害了靈體也害人。」表姊不耐煩地站起，「正牌一尊，不要就拉倒。」

林嘉翔趕緊點頭，「要要。」眼裡卻是藏不住的失望。

她走向入口處，從玻璃櫃中取出紅色方盒，裡頭有個約兩個指節大小的佛牌。來過表姊佛牌店數次，我已略能認法相，那是智慧之神——象神甘那許（Ganesha）。象頭人身有個大肚腩，活潑的舞蹈動作極為喜氣，四隻手持法螺、長牙、金剛杵、念珠，具有招財、提升智慧、人緣、成功、健康多方功效。模樣討喜，在泰國、印度信徒眾多，可惜不得林嘉翔的眼緣。

表姊向林嘉翔解釋供奉佛牌注意事項，他心不在焉聽著，草草結帳離去。

求不到心目中的聖物似乎心情不好，回程車上他一路無語，我也樂得打起瞌睡，到家後大白卻打來抱怨，說妮方姊不願意幫忙，還隨便拿牌搪塞她哥，我真為表姊和象神叫屈。

被大白唸得一肚子怨氣，入睡前我忍不住打給表姊，問道：「明明有那麼多女大靈，幹嘛不隨便賣他一尊？省得他看扁你，若怎樣，也是他咎由自取。」

「我才不在乎他怎麼看我，再說我也不是沒踢過鐵板，陰牌不是人人都可以請，到時他若出事，我也是作孽，拜陰牌跟借高利貸沒兩樣，可是你看他那樣子，哪有什麼功德可還！」

想起大白嘰嘰喳喳的抱怨，「聽他妹說他有洗狗幫老人剪頭髮做慈善。」

表姊冷笑一聲，「所有的善舉都是做給人看，心有所求的，這樣功德值很低，請陰牌不就一起墮落去了。而且啊，這人一臉貪心模樣，希望象神可以保佑他避開劫數，增長智慧。」

「劫數？」

「貪念是開啟地獄的鑰匙，你等著看。」表姊陰惻惻地說，用著我一時分不清是緹瑾還是表姊的聲音。

2. 紳士之夜

事情結束後我並未特意追蹤林嘉翔的狀況，倒是大白總會定時在臉書推薦她哥的新戲，像最近簽下本土的電視劇男配角、ＭＶ男主，還有正與對岸的演藝公司洽談案件等消息，看似象神佛牌發揮作用，漸入佳境，但我篤定林嘉翔必定還不滿意，他貪婪的神色我仍記憶猶新。

「妮方姊最好要注意，她將有強勁敵手了。」大白在電話裡神祕兮兮地說著。

「放心啦，她才不在意。」表姊從來不愛攪和人事紛擾。

大白停頓一下，繼而說：「我哥那次從妮方姊那拿到佛牌後斷續供養了一兩個禮拜，工作運似乎有進展，但效果不明顯，所以他透過朋友認識個泰國法師，聽說曾幫許多知名藝人做法，費了九牛二虎之力，還跟我借錢才從法師那求到一些東西，超強的，馬上就接到新戲，而且還是男主角呢！最近又結識多金的製作人女友，幫換車找人脈……說實話，法力比妮方姊強多，台灣佛牌界的第一把交椅恐怕要換人了。」

我隨口哦了一聲，腦海裡想起表姊說的，「陰牌不是人人可請，那跟借高利貸沒兩樣」的低沉嗓音。

「那該恭喜他才是，你特地打電話來說這些？」我問。

這時她才點出主題，吞吐地說：「不是啦，他請的東西，有些奇怪……問也問不出什麼，不讓我看，摸也不能摸，連房間都不讓我打掃，我只知道他請了愛情油之外，還有一個佛牌裡裝著黑色、滿是皺褶的東西。你說，這麼靈，不會是什麼邪教的東西吧？」

我在電話旁白了一眼，「肯定是，我看你還是閃遠一點。」

「李敬哲，你去幫我看是什麼啦，我好擔心我哥。」

「我才不要，休想叫我蹚渾水。」雖然難得有異性打電話來，但上次依依的事件後我可學乖了，也許我命中有什麼桃花劫之類，還是小心為妙。

「唉，我記得那法師說『珍妮佛只不過是虛有其表，都是靠著體內另一個靈體才有法術』，不會是真的吧？」句末還不忘長長嘆息一聲。

「等一下，對方真那麼說？」知道緹瑾在表姊體內的只有少數南傳佛教的法師，大家都頗為敬重表姊，應該不會說這種話。

「是啊，你要不要來我家看看，說不定可以從我家找到線索喔。」

明知道她只是藉故要我探查林嘉翔，但我還是一頭栽進去。

根據大白提供的消息，禮拜六夜晚林嘉翔若沒通告便會舉辦紳士之夜，名目很好聽，大家互通商場機密，增廣見識、人脈，但其實只是約幾個好友到家中小酌，打麻將聊女人，報投資明牌等，而我則打著請教他追女仔的名義加入。

大白的家位於民權東路上，簡樸外觀如同台北市隨處可見的大樓，沒有什麼公設，沒有健身房、游泳池等，一層樓約六戶，排列呈現H字形，一邊各三戶，中間以兩部電梯做為連接。

按下電鈴，林嘉翔穿著POLO衫開啟鐵門。

「好久不見，敬哲。」兩個月未見，他仍是油頭粉臉；髮膠將瀏海定型，梳得高高宛若一片山，身上手腕、脖子、手指都有大量的金屬飾品，超量粉底將臉塗得慘白，不自然的紅唇正微笑著。

我踏入室內，一群跟他類似模樣的男人們齊聚在餐桌前，打扮輕便的我顯得有些唐突。

「這就是我說的李同學，我妹的朋友，自己人。」他為我引見。

在場一位穿黑色皮衣的油頭男士從頭到腳掃描我一眼後說：「你這樣不行，怪不得難把到妹。」說完遞出一張名片「優仕時尚」，「有空來我店裡坐坐，八折給你。」

另一個瘦得像快成仙的猴精說：「頭髮也要燙一下，比較有韓系風。」順勢撥了他捲得像螺絲麵的瀏海，自以為很韓風。

為了不忍受他們持續的評論，我轉向林嘉翔說：「聽大白說嘉翔哥最近拍新戲，人緣極旺。」

他難掩驕傲，擺擺手，「這也沒什麼，實力被看見而已。」接著靠向身後的牆壁，我才發覺牆壁上貼著一封信，還裱框。

我湊上前一看，「這是？」

「喔，不要說出去，是前輩寫給我的信。前輩啊，有偷偷跟我告白，不過我並非同志，也不想靠他的名氣而紅，更不想賣資料給媒體，大家知道就好，保守祕密。」他故作帥氣，將食指壓在嘴唇上，比出噤聲的手勢。

要保守祕密為什麼要貼在家裡牆壁上呢？我吞下疑問，仔細看那封信，是知名男團主唱，以韓系小生和精湛歌喉獲得大量粉絲肯定，沒想到眼光那麼差……

顯然在場其他人看過這封信，也聽慣他吹噓，早失去興致，便聊起其他話題。猴精男像靈光乍現般彈起，睜大眼流露亢奮情緒，「對了，你上次跟我說什麼油能讓女人對你欲罷不能，還有什麼大師賣的好物，快跟我們介紹介紹有什麼好物讓你旺成這樣。」

全場人士屏氣凝神傾聽。

林嘉翔刻意賣關子，將桌上紅酒杯緩慢拿起，以優雅姿態啜飲，舔舔嘴唇後說：「要跟你們說也不是不行，但不可洩漏風聲。」

在他向珍妮佛請陰牌未果後（說這句話時還瞪我一眼），重新搜尋不少論壇、PTT、Dcard，忽然看到某網友的回饋；關於他大考失利，外加感情不順，曾一度想輕生，幸虧在佛堂巧遇來台灣幫人刺青的修行者，從那請到一尊帕嬰後走運。

「帕嬰？」黑色皮衣男問。

「這可請珍妮佛的表弟為我們解說。」

我主修哲學，在補習班當行政，生活單純，因為表姊的職業他人總愛將我跟宗教學聯想在一起，但確實透過表姊我對南傳佛教了解不少，我簡略解釋：「帕嬰又稱Phra Ngan，古稱拍他甲佛蘭，法相特別，帽子彎角紅眼睛，盤腿而坐，是柬埔寨的一大陰神，靈力來自昔日戰爭死去的將士魂魄，不少巫師為求效果入骨肉進去，有招偏財、人緣魅力功效，正當的話帶來業績、桃花，若……」

林嘉翔搶話道：「別跟你表姊一樣婆婆媽媽，總之那人後來成為林森北路男公關第一把交椅。」

「夜王——」猴精男難掩羨慕之色。

「我好說歹說，終於拿到法師資料，求了幾樣東西。」

眾人紛紛衝上前圍繞著他，林嘉翔從懷裡拿出一罐三公分大小的玻璃瓶，裡頭裝著黃澄澄的油狀物，只剩六成滿，他詭異笑說，「這是愛情油，抹在身上，對方與你接觸後便離不開你。」

我感到一陣噁心，愛情油這東西有分正派、陰派，像林嘉翔那樣貪心的人不消說一定是陰派，陰派的愛情油多半來自烤女屍的下巴油，沒想到在場只有我一個人面露懼色，其他人興味盎然爭相把玩，邊喊著，「這油可以分給我們嗎？」

他大器地說：「可以，這小事，但另一個可不行。」他握著胸前的另外一個佛牌，定是大白察覺的神祕之物。

他亮出胸前佛牌並搖晃，佛牌殼內包裹著灰色片狀物體，滿是皺褶，撒著金粉，「這是yoni，有錢也買不到的真貨。」

這下我真的把嘴裡的酒給嗆出來了，yoni指的是女性下體，前陣子被新聞報出一中街佛牌店一只八萬八，若照林嘉翔所言貨源來自大師，那破十萬都有可能。

「嘖嘖，童子雞就是童子雞，沒見識。」皮衣男斜眼覷了我一眼。

猴精男不以為然看著我，「你不也從你媽那出來，有什麼好噁心，」邊把玩林嘉翔的yoni佛牌，滿臉渴望，「那大師還在台灣嗎？改天也給我用一個。這陣子真背。」

林嘉翔玩味說：「怎麼？兩個女友還不夠？還要旺桃花？」

「米雪兒一直逼婚，我現在想想，在一起太久，根本對她沒有感覺，希望來個爆乳富婆。」

這群人一臉豬哥樣，拿著從女屍下體的佛牌也不覺愧疚，我忍不住起身，「我去客廳那透透風。」

林嘉翔倨傲地瞧我一眼，不說話。

坐在客廳沙發上，我開始懊惱，當初何必答應大白，這些人自生自滅算了！可當這念頭一出，我隨即又為自己的惡念感到可恥，怎可以興災樂禍。

正當我試著緩慢調勻呼吸時，距沙發約莫三公尺距離的大門忽然有人轉動門把，尖銳匡噹匡噹金屬聲持續三秒左右。我瞄一眼林嘉翔他們，正熱絡討論yoni神效，似乎未發現。

我先是不當一回事，拿起遙控器轉到電影台，大門卻又驟然傳來轉門聲，且更為急促。

我走到門口，林宅的鐵門因無貓眼，無法窺視外面走廊，我只好側耳靠門板傾聽，卻又恢復一片祥和，平靜無聲。

會不會是走錯門？想想不太可能，大樓呈H排列，一側各三戶，兩側中間的走道是電梯，而大白的家位於一側盡頭，又不是中段。接著我轉身回沙發上坐下，屁股還未坐熱卻再次傳來轉動門把聲響，持續更久，我開始有些不耐，快步走向大門迅速開門。

但外頭什麼影子也沒。

「喂，你在做什麼？」林嘉翔不知何時走到我身後。

「沒有，我聽到轉門把的怪聲。」

他聳聳肩，「可能鄰居小孩惡作劇，最近常這樣。」一派自然走回餐桌。

我關上鐵門坐回沙發上，將電影台音量調大，想藉此轉移注意力，但沒多久又傳來頻繁的轉動門把聲，不僅如此，還夾帶拍打鐵門聲響。

現在的小孩實在是太過份，惡作劇到這上頭，這次非要出其不意，好將他逮個正著。我靜悄悄走到門口，輕靠門板，不作聲，等待下一次他在惡作劇時再驟然開門。果然安靜幾秒，對方又快速轉動門把。

這小子，看我逮到你了吧！我迅速轉開大門，跨出大門，只見走廊另一側盡頭男孩的背影。他身形纖瘦，穿著T恤和五分短褲，上衣濕漉漉地緊貼後背，顯露出膚色，而短褲下的小腿細如鉛筆，沒有任何曲線，從衣物外裸露的四肢顯現蒼白膚色，最奇異的是他沒穿鞋。

我對他喊著：「還跑！做壞事還跑！幼稚！哪家的小孩？」

他原本緩步走往盡頭的腳步停歇，像電影慢動作般轉身。

許威啟家三樓那種陰森詭異的感覺又回來了。糟了！又惹上麻煩。我應該快轉身回屋內，偏偏腳步像被定住般，只能睜大眼看著男孩。

那是一張枉死的臉，眼睛暴凸，表情痛苦皺眉，五官誇張扭曲，嘴張的大大吐出舌頭，脖子上好幾道勒痕正滴著血，右手腕割的只剩皮相連，搖搖欲墜。

與他四目相接是我最後悔的事，表姊曾說遇到靈體要視而不見，較不易被纏上，一旦被祂們發現彼此有所牽連、能溝通，要不作弄，要不有事相求。

「嘎——」祂發出如烏鴉般叫聲，接著朝我奔來，那欲斷的右手甩啊甩。

好家在我終於回神，趕緊縮回屋內，狠狠大力關上門，碰一聲。

「你嚇到我了，關門關這麼大聲。」猴精男跳起來咆哮。

我倒退幾步，仍喘著氣，門把又開始轉動，並大力拍打。

「敬哲，你怎麼了？關門關那麼大聲？哇，出一身汗欸。」林嘉翔輕拍我的背，手上沾著黏膩的汗。

「你都沒聽到？拍門聲？」

他噗哧一笑，「就小孩惡作劇，把你嚇成這樣，珍妮佛的表弟這麼沒膽？」

「不是，你有看過門外嗎？有人……」我慌張解釋，手指頻頻指向門口。

林嘉翔直接開門走向走廊，轉了一圈，兩手一攤，「什麼都沒有。」

「你是中邪喔？」皮衣男也開始有些不悅。

我坐回沙發上，林嘉翔關上門後也坐在我身旁。

「敬哲，我知道你對我說珍妮佛的壞話有些不滿，可是也不能在我家裝神弄鬼，想嚇我？」

「不是，我剛出去，真的有看到……」為什麼每次我說的話總有人不信，小時候古宅的事、許威啟的家，即使預先提出警訊，也無人搭理。

「那你說，你看到什麼？」他嘆口氣，一副莫可奈何的樣子靠向沙發。

「有個男孩，很瘦，右手腕都是血，舌頭吐得長長……」我比手畫腳形容。

他身體一震，但隨即又笑說：「沒這事，會不會你被我的yoni佛牌嚇傻了？」乾笑兩聲，他又走回餐桌上與狐群狗黨閒聊。

如此具體的影像怎會看錯呢？我明確感受到對方的怨氣，那種不甘心、委屈、憤恨全灌進我心裡，忽然有點想哭。

我紅著眼，傳簡訊給表姊，告訴她我在林嘉翔家門外看見男孩……

已讀後她馬上打電話來，嚴肅交代，「你不要再碰林嘉翔的事，我請師兄去接你，你待在原地別動，別再想，別再問，心裡跟著我念佛首經。」

耳邊傳來表姊溫和的誦經聲，每一字一句泰文都像幾許日光照進心裡最幽深的角落，害怕與哀怨如同烏雲逐漸散去，我感到溫暖和安全。

叮咚——門鈴聲響起。

門後是一位穿白衣的師兄，一臉和善，約四十歲左右。

「哇，來頭不小，還有法師接回家。」「表姊罩你喔——」不理會他們的奚落，拿起背包便跟師兄一同走出林宅。

在走廊上，師兄念念有詞，不停結著手印，就這樣一路陪著我搭電梯到樓下，開車送我回租屋處。

要下車時，我難忍好奇問道：「師兄，你說……我看到的是什麼？」

他笑說：「不用煩惱。祂對你也不帶惡意，冥冥中有機緣相遇而已，放寬心。」

「不是，我想知道祂發生什麼事。」

「莫要帶著過多好奇，陰陽兩界的事本來就難說分明。」他微微頷首，停止對話。

我也無法勉強他多說，只得稱謝下車。

回到房內，簡單盥洗後準備入眠，但那少年氣息雖已不在，他的哀恨卻縈繞不去，想著他右手手腕和長長舌頭，我輾轉難眠。

3. Alex Chen

儘管我刻意忽略祂的樣貌，卻連做夢也夢到祂。

在一間古典歐風裝潢的房間內，他卷縮在房室一隅低泣著，先是拿著小刀，一筆一畫割在右手腕上。他是左撇子，下刀的力道卻驚人，左手背青筋突出，哭紅著眼對門口方向說，「你走了，我就死給你看。」

畫面朦朧，只聽聞一聲冷笑，「要死早死了，還來這招，你不膩我都膩。」就這樣揚長而去，門喀嚓一聲闔上，他整個人伏在地板上。

畫面一轉，男孩在急診裡醒來，蒼白的臉，巍顫顫抬起扎滿針的手，按下手機通話鍵，輕聲喊著，「我在醫院……」然而另一端卻只傳來嘟嘟嘟聲響。

即便不是我的人生，我卻澈底感受到他的絕望，用了數種方式結束生命，卻總在最後一刻獲救，然而死心依舊堅決。這一次，在人世間的最後一晚，他將童軍繩繞著天花板的水管，緊緊地打了個死結，確認牢靠後站在椅上，茫然將頭伸入繩圈中，沒有害怕、沒有恐懼，將腳一踢。

夢到這裡就剎然中止。

我溼了一身汗，凌晨三點，表姊總叫我不要去想，不要去理，陰陽兩方自然不會牽起靈動，但偏偏我與他之間像有什麼淵源，回想那天吐著長長的舌頭，如果還原成一張正常的臉，沒有扭曲怨恨表情的臉，五官似乎是有些熟稔了，他究竟是誰呢？

某天夜裡，帶著疑惑的我整晚無法入眠，心理始終懸掛著他的怨念，索性下床再度開啟電腦，搜尋起近期的新聞。

很快地，一週前的社會案件吸引了我。

〔記者劉文豪／台北報導〕韓系美形男網紅Alex Chen（本名陳立昊）疑似情變輕身，於七號家中上吊身亡，自殺前日於IG留言「我只是你不要的過去」。

將從新聞上得知的姓名Alex Chen陳立昊輸入，直擊他的粉絲專頁。

我快速瀏覽，他果真是盡心的網紅，每個業配畫面、解說清楚詳細，因韓系外表，連專櫃口紅業配也接，對著鏡頭試著不同顏色的唇膏，和煦燦笑，一身精品服飾，直播的房間氣派高雅，下方分享、留言甚至上千，不愧是知名網紅，但自他去世一個月前已中止所有工作。

等我回過神，窗外天色已呈青白交接，一天準備開始。整晚無眠，肚子咕嚕嚕叫聲傳來，索性決定一早出門到永和豆漿店，打算帶份小籠包和豆漿，吃飽補眠中午再到文理補習班上工。

正當結完帳，拿著塑膠袋要離開時。

「欸！童子雞！是你嗎？那個什麼哲的？」

這種沒禮貌的問候語本想聽而不聞，置之不理，但從尖銳聲線我辨認出是猴精男，忍不住回頭看向他。猴精男身形依舊削瘦，像件衣服搭在洗衣架上沒有肉，乾癟癟空洞洞，面色蒼白，兩隻眼凹陷，烏青色像烏雲圍繞著雙眼。

他不等我打招呼，也無視我不友善的眼神，逕自走來，「在這裡遇見你，真是緣分。」說完還像稱兄道弟的好友般向我胸膛推了一把。

我向後退一步，拉開彼此距離，「好久不見。」今天的他沒化妝，膚色慘白無光如蠟，明顯黑頭粉刺，原本韓系的捲髮不規則散開，像流浪漢。

他先回望身後再湊上前，嘴巴囁嚅小聲說：「你沒有看到什麼嗎？」

我一愣，順著他張望方向，「沒有啊？怎麼了？」

「你是那個什麼珍妮的表弟吧！應該認識法師，那天不是有法師跟你回家？」

「是珍妮佛，不是珍妮，你是要問什麼？」我搔了搔頭，被他神經兮兮的模樣弄得金剛摸不著頭緒。

他似乎極少求過人，望著我半晌才吐出，「我遇到麻煩了，想請你表姊幫忙。」

「那你應該去找林嘉翔幫你介紹大師。」他們那天利慾薰心拿著yoni佛牌、討論如何誆騙女生的模樣，如何數落表姊的不是，那些畫面一一出現在我面前。

「童子雞，你幹嘛這樣，我要是能求他還會問你嗎？」像注意到有求於人，態度須更謙卑，他隨即縮小聲音說：「就是克里斯的東西讓我遇到麻煩，怎麼可能去求他呢？這件事有點棘手，甚至可能有性命危險，你真要見死不救？」

「你把東西拿去其他佛堂一樣可以處理吧。」我說。

「那女鬼鬧得可凶，你要是真不救我，我可就完蛋，我再怎麼壞，也不至於死吧！」他哭喪著臉。

受不了他的情緒威脅，「好啦，我帶你去，不過可不保證表姊會幫你。」

雖不清楚他遇到什麼麻煩了，但帶他到佛堂不是難事，回家稍作整理，便搭上猴精男的車，通往佛堂。

「你知道Alex Chen和林嘉翔的關係嗎？」我問。

猴精男露出神祕微笑，「這個嘛……只有我和幾個國中同學知道，可不能賣給狗仔。」他靠向我耳邊小聲說：「Alex Chen其實是克里斯的前男友。」

「什麼？」我有些震驚，我從未聽過任何質疑林嘉翔性向的話題，從大白口中還知林換過許多女友，花心濫情。

猴精男看來對把持林嘉翔的祕密頗為得意，「當初在某個聚會上是Alex主動搭訕克里斯，克里斯根本性向正常，只打算藉Alex在娛樂圈的人脈露臉，可是啊……Alex除了賺很多錢外，在演藝圈根本毫無勢力可言，沒有用處，所以克里斯聲稱被媒體發現會影響女性粉絲，找機會甩了他，奈何Alex又不放手。」

「因為這樣鬧翻了？」我問。

「你太小看克里斯，」猴精男忽然雙眼迸出火光，「那不要臉的傢伙不僅騙了我跟其他朋友的錢，什麼狗屁新加坡投資，我們信任他沒簽合約，後來他一句話輸光了，拍拍屁股就想走人！啊，扯遠了，他要分手前也會先榨乾對方，Alex被騙光所有積蓄，連房子都抵押了。」

林嘉翔吸血功力讓我咋舌，「Alex就這麼甘心被騙？」

猴精男繼續說：「不甘心又怎樣，對方滿嘴鬼話連篇，想聽的人，想相信的人，都自我催眠是真的。」他吐了吐舌頭。

話還沒說完，我們便抵達板橋的佛堂了。

4. 林嘉翔的佛牌

猴精男仍絮絮叨叨，不斷抱怨林嘉翔，誆騙朋友錢，謊稱假單身四處尋覓貴婦等惡行，直到他跨進佛堂的大門，被莊嚴氣氛給震懾住才住口。

「真是……想像不到。」猴精男望著佛堂中央翠綠的玉佛咋舌。

「鞋子先脫，別踩髒地板。」忍不住提醒他，門口不正掛著「請脫鞋入內」的牌子嗎？不過也不怪他，畢竟誰能想像外觀如一般住家的大樓內，會有一間如此挑高氣派的佛堂，中央供奉的玉佛就足足有兩尺高，祈願的蠟燭擺滿整整兩桌，熒熒燭光是信徒的心願，空氣裡全是濃得化不開的花香和焚香。

師兄雙手合十打過照面後即引領我們向佛堂側邊休息室走去。休息室內表姊氣定神閒靠坐在沙發上，一條白毛巾毫不避諱地蓋在她臉上。

她從腳步聲辨認出我們，「又給我添麻煩了？」

「不是啦，是他硬要跟來的，如果表姊不方便，就算了。」上次依依的事記憶猶新，絕不要再雞婆，何況我對猴精男本就沒有好感。

猴精男趕忙說：「不是喔，你不是答應要幫我的嗎？這位仙姑也別這麼無情，我也是逼不得已。」

表姊扯下毛巾，坐挺身子盯著猴精男，「被跟上了？」

猴精男搓了搓手，開始覺得不好意思，「真是瞞不過大姊姊，這……就是克里斯的油啦！我看那麼好用，借來用用，怎沒想到他的幸運物，到了我手上就失控。」

「不只吧！屍油還沒這麼威。」表姊淡淡地說。

「屍油！我呸呸呸！」猴精男拿起桌上衛生紙使勁亂抹唇部，可想而知他曾拿屍油當唇油用，這也是人緣油慣用的用法，擦在自己身上，可增加人緣；刻意與心儀之人有肢體上接觸，對方會離不開你。

約莫三分鐘，他才逐步和緩情緒：「讓大家見笑了，早知道是什麼屍油我也不會拿來……罷了，也瞞不過你，我直說他匡了我錢，總得拿東西來還吧，所以我拿了他的佛牌，沒想到……」他輕聲說，「錢和好運都還沒來，鬼先來了……」

猴精男偷克里斯的佛牌那晚恰巧是禮拜六，他將佛牌裝在鑰匙包內，決定到東區夜店去獵豔，體會一下佛牌威力。一回家盥洗、換衣，到夜店時竟然已經一點，來找伴的早就成雙成對離開，一般姿色女子他又看不上眼，只得和另一名朋友靠在吧檯上感嘆今夜虛度。當夜漸深，人漸醉後，舞池裡竄出個絕美的背影令他驚鴻一瞥。

對方長髮及腰，穿著一套紅色貼身洋裝，裙長僅到臀部下三吋，完美展現凹凸有致的身材，一雙白嫩修長玉腿蹬著黑色露趾高跟鞋，搖曳的身姿，魅惑而迷人。

他隨著音樂擺動，一路靠向女子身後，聞著迷離濃郁的花香氣，若有似無碰觸肩和腰，對方如回應般，加大搖擺的弧度更加應驗他的揣測，對方一樣是個玩咖。

夜店的燈光昏暗，看不清五官，為避免踩雷，身為老手的他決定邀請對方到露天陽台處小酌。他輕撫她的背，「喝一杯？Tequila Shot?」Tequila Shot是種暗示，暗示今晚想醉。

女子回頭微笑點頭，燈光昏暗，依稀可瞧見她那雙炯亮的雙眼，他被電得暈頭轉向，醉意更濃。

拿著酒，領著女子到露天陽台，隨著露台的客人漸少，他更加放心，張狂地緊貼著她。

女子膚色偏深，帶有一股健康美，鼻子堅挺，五官深邃，似乎是混血兒。他問了許多問題，中、英文都試過了，女子始終不回答，僅回報一抹神祕微笑。他假意瞄了眼手錶，大膽地詢問她是否願意去他家休息，女子眼神熱切不語，微微點頭。

他壓抑住欣喜，不跟朋友告別，迫不及待便攬著獵物出夜店攔車。

你別嫌我敘述冗長，這是我節選的話語，不然即便在應該恐懼的時刻，猴精男十句有五句都在誇耀自己的男性魅力和家世背景。

回到父親買給他的小套房，他急迫催促女方去盥洗，自己則仰躺在床上沾沾自喜。

不知道女子洗了多久，迷迷糊糊地他竟然睡著了，再睜開眼時，房裡一片漆黑，只聞浴廁的水西哩嘩啦滴個不停。

他開了燈，走到浴室門口，「Hello?」他輕敲門板，沒有回應。

打開門走進浴室，水氣夾雜腥臭味飄來，他又再問了問，回應的只有浴簾後的流水聲。

於是他索性大力地拉開浴簾，滴水的可不是蓮蓬頭，女子坐在浴缸內，泡在腥臭的血水中。

「嘔——」那雙大眼直盯著他，嘴裡正吐著大量的鮮血，嘩啦嘩啦地吐滿身，濺出浴缸外，他還來不及尖叫，女子向他撲來，也將血水對著他的臉噴射。

他嚇著向後跌坐，頭部撞到牆壁，強烈眩暈感襲來，回神卻只瞧見蓮蓬頭沒關，熱水涮涮涮地對著浴缸沖，哪來的血水和女子？他自我催眠必定是酒醉後的幻覺，趕緊躺回床上。

隔日，徐徐微風喚醒他。他起身關窗，窗外日光正豔，把人曬得暖烘烘的，但手腕和臀部的鈍痛提醒著他昨晚的恐怖畫面，這次腦袋稍微清醒，他再次踏入浴室，但別說血跡了，地板、洗手台全清清爽爽，連一滴水都沒有，磁磚亮得發光。

儘管他不斷自我催眠昨晚只是幻覺，可女子鮮紅的洋裝、深邃的五官和肌膚的觸感都如此清晰，他忍不住打電話給友人問個明白。

「我問你喔，你有印象昨天跟我在一起的妹嗎？」

背景夾雜著喧囂人聲，「哪有什麼女人，你早就喝茫，一來就往舞池裡鑽，叫也不理人，之後自己叫計程車走了，莫名其妙，不知道搞什麼鬼。」

他有些慌了，「就長頭髮，輪廓很深，穿……」

「你喔，酒量不行了啦！好了，改天再聊，我先跟朋友吃飯。」朋友就這樣急匆匆地掛上電話。

真的只是喝醉酒嗎？他忍著頭痛，耗去一個下午不斷回想著。倏忽電話響起，他才驚覺原來與女友有約，趕緊開車出門。

「怎麼臉色這麼差，身上又有酒味，你昨天又去夜店了？」女友瞪大眼問著。

感覺到一股山雨欲來的危機感，他故作正經回：「沒有，你可別冤枉好人，我昨晚趕案子一整晚沒睡，你也知道年終考核要到了，要拚一點，才有辦法買新包包給你，說不定還能帶你去歐洲玩。」但誰知道到時候女朋友還是不是你呢？他在心裡竊笑著，說謊、開空頭支票於他是如此地稀鬆平常。

望著他一臉正氣凜然，又是為了自己，女友的心瞬間軟化，「好啦，辛苦了，今天的晚餐和電影我請，當作賠禮。」說完輕拉著他的衣角。

兩人進了影廳，說也奇怪，明明就是他期盼的《捍衛戰士：獨行俠》，卻怎樣都提不起勁，頻頻打哈欠，甚至打起盹來。

「你怎麼了？電影很無聊嗎？」女友搖醒他。

「不是，我一整晚沒睡，有些累，」他搖搖頭，想讓自己清醒一點，這一晃剛好瞥見那熟悉的身影——女子依舊穿著紅色的貼身洋裝，站在影廳的角落惡狠狠瞪他。

「哇！」他激動站起，指著紅衣女子，回頭大聲問著女友：「你看到沒？那個穿紅衣的女人！那個紅衣服的！」

一部分觀眾被他突兀的行為給嚇著，一部分只覺得掃興，「擋住了啦！快坐下」、「發神經喔」、「賠電影票來」的咒罵聲此起彼落。

女友趕緊拉著他坐下，比了個噓聲手勢，「你怎麼了？看到什麼了？」

「現在沒有，但剛剛真的有個紅衣服的在那，我知道她！」

「沒有，那邊沒有人，你會不會是虧心事做了，仇家找上門了吧？還是又拈花惹草招惹誰了？」女友狐疑看著他。

「不是……算了，可能太累，你別亂想。」不知道從何解釋，他打哈哈過去。

接連不尋常的影像開始讓他害怕，直覺出了事，電影散場後也不敢回家，直黏著女友，即便到對方家裡過夜，連睡覺都開著大燈。

女友的房間溫馨明亮，客廳還掛有佛像，應該不會出什麼事吧？想著想著他便覺得心安，漸入夢鄉了。

原本睡得很深、很安穩，直到房門開啟的嘎嘎聲響傳來，那一刻他無比清醒，全身每個細胞都在警戒當中，卻遲遲不敢睜眼，隨之是一股腥風，吹得窗簾拍打出聲響，室內的溫度驟降，他卻連拉被子的勇氣都沒有，一動也不動地定格在床上。

除了風之外，還伴隨著滴答滴答的落水聲，無比清晰，從房門口滴到床旁，又滴到床尾，最後繞回床頭，定在他前方。

他心想著，早知道就不要睡靠門口的位置，現在是要睜眼還是閉眼呢？他緊閉雙眼，直到聽不到滴水聲，他才慢慢地睜開好奇的雙眼——好在眼前什麼都沒有。

也許是風把房門吹開，他暗笑自己窮緊張，為避免再發生類似事情，他跳下床俐落地關上門，然而正要走回床上時，卻感覺腳底傳來一陣黏膩感，往下一瞧，是鮮血，沿著門口、床尾來來回回，還有血色的腳印。

視線順著血印來到床上，粉色的被褥全是鮮紅血跡和手印，他緊張地拉起被褥，可是棉被下裹著的不是女友，是那紅衣女子，那雙大眼直勾勾地望著他，血水順著長長的舌頭流出，在他還來不及反應時，猛然地伸出雙手撲向他，勒住他的頸部。

他努力掙扎，抓住祂的手腕，可祂那青白的手指有如鐵鉗般沉重，長長的指甲崁入肉裡，怎樣也移不開，再加上祂不斷噴濺的血水，幾乎讓他嗆咳無法呼吸。

「放……咳……」他滿臉充紅，眼球因為驚懼與用力而凸出，幾乎快斷氣，奮力地拍打著祂。

祂嘴裡飄著白煙，腥臭味襲來，那雙曾吸引他剪剪秋水般的美眸滿布殺意，臉上表情狂喜，嘴角以不正常的幅度擴張著。祂不斷向他逼近，在距離他的臉僅五公分處，說著他永難忘懷的一句話，「渣哭……」

「渣哭……嘻嘻嘻……」

正當他快失去意識時，他聽見女友哭喊著：「醒醒！醒醒！你在做什麼？快放手！」

這時他才意識到，哪有什麼鬼掐脖子、什麼血，是他自己掐住自己脖子，力道幾乎快把脖子扭斷，而女友正抓著他的手腕痛哭著。

「你在做什麼？快把我嚇死了。」女友跪坐在地上，眼淚鼻涕全糊在一塊，因驚懼過度，身體不停顫抖著。

連咳了好幾聲，他終於喘過氣來，全身冒著冷汗躺在地板上，撐起身體坐直後說：

「我也不知道。」直到這時，他才想起了包包裡的佛牌，所有的怪事都從拿到克里斯的佛牌開始。儘管驚魂未定，情緒未平，他迅疾地打開背包拿起佛牌，看都不敢看，像發洩剛才被驚嚇的怒氣般，向窗外使勁一扔，對著夜空大喊著：「那個爛東西！」

「那是什麼？」身後的女友問。

「什麼鬼護身符，丟了正好。」

女友擔憂地說：「這樣丟，不好吧？不會被報復吧？不是聽說要特別處理比較好。」

女友的話才點醒他，剛才似乎太莽撞了，但想起這一日被佛牌搞得烏煙瘴氣，便逞強說：「丟了就丟了，能怎麼樣呢？最好剛好來一台車輾過去，把祂壓得稀巴爛！」

女友面露擔憂，但也不敢多言，兩人調整好情緒躺回床上。本該無睡意的，但經過剛才的折騰，體力和精神盡數耗竭，很快地便沉沉睡去。

翌日，他是被女友淒厲的尖叫聲驚醒的，她像是要把喉嚨吼破般拼命喊叫著，手還不斷拉扯著他的被子。

他睡眼惺忪地摀著耳朵，本想要安撫女友，然而順著女友視線望去，眼前的畫面不由得讓他跟著她一起尖叫。

因為那塊佛牌完好無缺地放在梳妝台上，還正對著他們。

5. 佛牌處理

「渣哭……渣哭……」我口中咀嚼著猴精男說的話，「是咒語嗎？」

表姊笑了笑，「是泰語จับคุณ，是『抓到你』的意思。」

身為旁觀者的我整個雞皮疙瘩都冒出來，更何況猴精男，他面色慘白，嘴唇顫抖。

不等猴精男平穩情緒，表姊直接了當地說：「好了，不負責任的傢伙，把佛牌拿出來處理吧！先說明我的收費不便宜。」

猴精男低著頭，支支吾吾說：「可是那面牌已經不在我身上了。」

我和表姊對望一眼後又看向他。

猴精男遲疑了一下，迴避我們的眼神，「不管怎麼丟，那面佛牌最後都會跑回來，有時候出現在我家，有時候出現在車上，還有一次居然出現在信箱裡。既然這種東西丟不是可行的方式，我就上網找了一些處理佛牌的方法。除了佛堂外，還有一個是交給有緣人，讓祂不要跟著我。」

「這種陰牌有人要收？」我問。

猴精男低著頭，「PTT、Dcard一堆。」

「所以一旦發現佛牌幫不了你，會帶來危險，你就隨隨便便把佛牌送人，也不管會不會害到別人，是嗎？」表姊一改慵懶神情，厲聲問著。

「不是，我是拿去賣人，克里斯騙我那麼多錢，那面佛牌應該也不便宜，多少補……」

我白眼都快翻到腦勺裡去，都這種緊要關頭，居然還會想要回本，果然是商人的小孩。

表姊抓起手邊的白毛巾，擲向猴精男，「我最討厭這種草率行事的人了，只想快點脫手，沒經過處理就將佛牌隨意丟、隨意轉賣，不尊重靈體，發生事後又怪佛牌。你以為亂丟、亂送，祂就不會跟著你了？到時不僅害自己也害別人。」

猴精男見表姊發怒，他也急了，「不是這樣，仙姑，那人收集很多面佛牌，也有供佛，聽說這面有入靈，才特意來收的。有那麼多神佛保佑，又是收集佛牌的專家，我想應該沒事，說不定還可以鎮住、清理，哪知道……」

她笑了，笑聲似銀鈴般清脆，「你認為請一堆陰牌做些不正當的勾當，然後再請個正牌的神佛放主位來鎮壓，以神管鬼，這樣真的會有效嗎？你知道嗎，鬼也是眾生相的一類，何以佛要保護人，而傷害鬼呢？難道神佛會幫你管鬼，好讓你方便行不法勾當？」語氣輕柔似棉花，眼神卻直勾勾盯著他，是場沉重的審問。

「我知道錯了，我以為把佛牌轉賣就沒事，哪知道就算佛牌沒回來，還是一直心神不寧，疑神疑鬼，運氣也超背，莫名其妙被車撞，連走在路上還有花瓶砸下來，沒完沒了，你幫我一次，就這次，我再也不會這樣了，仙姑幫幫我……」猴精男雙手合十，跪在地上。

表姊嘆口氣看向我，臉上表情寫著「此人沒救了」，她冷眼看著猴精男，最後緩緩地說：「聯絡好對方，我們今天就去拿回來處理吧。」

猴精男立馬換上一副諂媚的笑，「感謝仙姑，仙姑大恩大德沒齒難忘。」隨即拿起手機，迅速敲定拿回佛牌的時間。

接著，我們三人走向停車場，他沒提我還沒注意到，車子右側的板金確實凹進一大塊，估計因為匆促還來不及修，看過表姊處理不少案件，但像此靈體這般強大的怨念確實不常見，而今晚車上只有我和表姊，沒有其他師兄姊，單打獨鬥，我忽然有些發慌。

從板橋出發，車子開上國三道路，經過中和、新店、木柵、汐止，一個個路標從我眼前晃過，卻不見他有停車之意，忍不住問：「你剛說那個收藏家家住新北市？」

「是啊，快到了，再五分鐘。」猴精男注視前方。

我點點頭。過了十幾分鐘，卻仍不見他停車，還繞進國道一號，前往基隆方向。我越來越不安，轉頭看向表姊，她仍一派氣定神閒。雖說表姊體內有緹瑾的靈力相助，但真遇上惡徒似乎不管用，且論蠻力，我們兩人恐怕也不是對手。

「他家到底住哪裡？」我問。

「在新北，只是在山區需要繞一下。」

我細細觀察周邊景色，嚥下一口口水，車子開在偏僻的山路之上，燈光昏暗，幾盞路燈故障尚未修理，芒草刮著汽車，發出嘎嘎刺耳的聲響，別說住家、人聲，連狗吠聲也無。

我拿起手機，連一格訊號都沒有，從後視鏡的折射偷偷觀察猴精男，發現猴精男也正透過後視鏡打量我，兩人的視線尷尬地對上了。

「快到了。」他漫不經心地說。

「嗯。」我點點頭，假意拿起手機撥打，「師兄嗎？對、對，我和表姊跟蔡凱昇去瑞芳處理事情，晚一點我就回去，麻煩師兄幫我和表姊準備房間，今晚要暫住佛堂。」

蔡凱昇是猴精男的本名，我不知道虛張聲勢是否有效，但好歹多傳些訊息、留言，若真有意外，希望能留下蛛絲馬跡。另外，這該死的電信公司，回去第一件事馬上換了你。

他瞟了我一眼，約五分鐘後停靠在山路邊，舒一口氣說：「哎呀，我求你們來幫我的，幹嘛不信任我呢，這收藏家剛好就住在偏僻的地方。」

我提高警戒觀察環境，周圍雜草叢生，樹木茂密，連燈火都沒見著，荒涼帶著絲絲陰森的氣息，唯一的建築物是右側草叢兩百公尺處的一幢鐵皮屋，約兩層樓高，沒有水塔、照明設備，看來這收藏家並不是尋常人物。

下了車後我先將表姊護在身後，挑明說：「你帶我們來這麼偏僻的地方不會是有什麼企圖吧？先提醒你，殺人犯法是逃不過法律制裁的。」

猴精男急急喊冤，「你想太多了，真的是這收藏家剛好住在這裡。再說，我哪有那膽子殺人啊？你行行好，趕快把祂收了，我們趕緊回去，就算你不怕，我也怕。」說完身體還抖了一下。

這樣說來也合理，猴精男這慫貨怎麼可能會殺人呢？但為預防萬一，我還是將雨傘抓得緊緊地，「表姊我覺得我們以後還是不要晚上處理事情，特別是到荒山野嶺，怪危險的。」

她面無表情，極平淡地說：「阿哲，對我來說晚上是力量最強大的時候，我並不害怕。」

猴精男走到鐵皮屋門口，拍打鐵門喊著：「哈囉，我下午有打電話來，約好拿回佛牌的。」空曠山區，敲門聲瞬間迴盪在風中，發出陣陣迴音，不寒而慄。

裡頭傳來雜沓的腳步聲，來來回回，似乎不只一個人。

隔了幾秒，猴精男不耐煩地又敲了門，「我來拿佛牌，有約好時間。開門。」

過了幾秒，屋內的腳步聲全停頓，鐵門緩緩地開啟了，裡頭黑鴉鴉一片，看不到開門的人，直到視線下移到胸口的高度，才發現一雙險詐的眼正由門縫打量著我們。

確定來者後，裡頭的人才拉開門鍊，一連三個鎖（唉，這房子這麼破舊，是不會有人想偷的好嗎？），露出一張滿是傷疤的臉，身形誇張地前傾，幾乎是九十度彎曲。

「我跟邱老師約好來拿佛牌。」猴精男說。

不知道那佝僂老人是不是聾子，連續講三次都沒回應，他不發一語地走回室內，我們三人便隨之踏入。

鐵皮屋是狹長型，入內先是客廳，無任何家具，僅一盞老舊的燈泡垂吊在客廳正中央，搖搖晃晃，暈黃的光照得空空蕩蕩的空廳有些鬼氣森森；窗戶緊閉，上頭貼著不少符咒，空氣滯悶，散發著食物酸臭的味道。

老人沒有招呼，獨自走進漆黑且狹長的走道。我回頭望向表姊，她表情僵硬，雙唇緊抿。

「姊，你是不是不舒服？要不要先出去？」表姊難得出現緊張的神情，必定事有蹊蹺。

她搖搖頭，「該來的是逃不掉的。」

6. 兩百年的等候

這絕對不是一個正常的空間，才待幾分鐘全身的每個細胞都發出危險的警訊，我開始環抱胸口，搓揉著雙臂。

「搞……什麼？怪裡怪氣，跟我上次來的狀況不一樣，我看還是先走為妙。」猴精男正轉身奔回門口，可是門口卻陡然晃出了個紅色的身影，嚇得他彈了回來。

這是我第一次見到猴精男口中的紅衣女鬼，紅色緊身洋裝襯托出肌膚的死白，全身滿是瘀痕，雙眼凸出，斑駁的妝容，黑色睫毛膏糊成一團，鮮紅的口紅誇張地描繪著唇型，除了像猴精男所描述的不停地吐著鮮血外，更有大量的鮮血自祂兩腿間汩汩流下。

表姊衝上前迎擊，祂也毫不害怕，向後一躍，發出刺耳興奮的笑聲，伴隨「渣哭！渣哭！」的喊叫，並將門一關，消失在門後。

「不會吧！」厄運來臨的預感，我趕忙抓著門把，卻怎樣都打不開，「被鎖死了。」我和表姊面面相覷。

「救命啊！這次真完蛋了！你一定要保我出去啊！」猴精男頹敗的坐在地上。

「就是你這個蠢蛋害的！」我氣急敗壞罵著，要不是他賣佛牌給什麼邱老師，我們也不會跑到這來。

他只管哭鬧，聲淚俱下喊著：「媽呀！我還有好多事沒做，不想死在今天，快帶我出去，我求你。」他死命抱住表姊的一隻小腿。

正當猴精男鬼哭神號的時候，嘎吱嘎吱劇烈的聲響由屋內深處發出，我們同時屏住呼吸，望向陰暗的走廊。

有個極小的影子緩緩飄出，走近才看清身影，是個穿黃衣服的幼童，但祂的頭骨少了一塊，清楚可見腦組織。他面無表情看著我們，微微傾身似鞠躬。

「媽呀——」猴精男的尖叫聲再次響徹夜空，簡直比鬼還可怕，表姊皺起眉頭，一腳踢開他，威脅說再吵就留他在這做男大靈，他才閉嘴。

鬼小孩嘴唇動了動，發出老人滄桑的嗓音：「我家主人有請緹瑾。」

「你家主人是誰？」我問，怎會知道表姊體內的靈體，然而那鬼小孩沒回答我的問題，又倒著走回長廊深處。

表姊毫不遲疑地跟進，我拉住她，「姊，不要過去，小心有詐。」

「是啊是啊，我們在這等天亮吧，也許天亮就沒事了。」坐在地上的猴精男附和著。

表姊搖搖頭，「在這死更快，不如看他玩什麼花樣。」說完逕自走向走廊深處，我趕緊拉著她的手肘跟上，猴精男則不請自來地緊緊地牽著我的手，濕濕黏黏的掌心怪噁心。

走廊盡頭有一道門，跨過門檻後溫度瞬間下降，陰冷至極，細碎的說話聲和風聲交雜。門後的房間一樣呈狹長形，兩側皆放置長桌，桌上全擺滿了白蠟燭，而每對蠟燭後都有張大頭照和寫滿符咒的人形玩偶。

猴精男抓著我的手越來越出力，他哆嗦小聲地問：「這是什麼地方？」

老實說我也是第一次看到如此眾多的男大靈、女大靈、古曼，難再掩飾懼怕，「就是剛表姊說你再不閉嘴就要把你做成男大靈的地方。」回答的聲音有些打顫。

在往前兩步，猴精男就扯住我，「上面……上面有東西，我……我走不過去，腳沒力了。」他閉著眼睛蹲了下來，手指向前方。

房間正中央有個圓形的祭壇，擺著一排排的骷髏頭，上方掛著兩個麻布袋，像有生命般晃來晃去，祭壇中央有個穿黑袍的人，背對著我們，蹲在地上拿著長刀劈劈啪啪地不知道正劈著什麼，無怪乎猴精男嚇到腿軟。

祭壇前方有兩個黑衣人不停地向祭壇頂禮膜拜，背影有些熟悉。

表姊定住，表情看似鎮定，但額上豆大的汗珠卻背叛了她。

鬼小孩走向祭壇，靠向黑袍人不知道說什麼，黑袍人大手一揮，鬼小孩的影子便慢慢淡去。接著，黑袍人放下長刀站起，擦了擦汗後轉身，一頭亂七八糟的長髮散在胸前，滿臉鬍鬚，從鬢角連著上唇，雙眼炯炯有神，此舉也正露出他腳邊垂著一隻手，是具風乾的女屍。

見了表姊，他面露欣喜，眼睛笑成了月牙狀，「終於見到你了，緹瑾。」

對比黑袍人的興奮之情，表姊臉色慘白如蠟，僅嘴唇動了動，未發出任何話語。

原本背對我們頂禮膜拜的黑衣人也轉身，其中一個人居然是林嘉翔！他站起身來，雙手合十，對猴精男說：「辛苦你了。」

瞬間我懂了，原來一切都是計畫。我捉著猴精男的衣領，掄起拳頭對著臉中央給他一拳。

猴精男跌坐地面，手摀著鼻子，鮮血從指縫留下，他急著喊：「冤枉啊！我真的不知道。克里斯這是怎麼回事？還有……邱老師！」他指向另一個黑衣人。

任場面再詭異不堪，林嘉翔仍舊掛著虛偽的笑容說：「你以為我那麼傻，東西被偷都不知道？這都是為了阿贊坤的計畫，放長線釣大魚。阿贊坤才是真正的大師，真正的佛牌之王，至於邱老師，是他的學生。」

「你們在搞什麼？把我們騙到這來有什麼企圖？」我問。

「你問珍妮佛最清楚了，既然我們的任務結束，我就先離開了。」林嘉翔對著阿贊坤頂禮，就和另一個黑衣人走向長廊後方的門。

「等……等一下，我不知道你們之間的恩怨，不管怎樣都不關我的事吧，我可以跟你們一起走吧？」猴精男跪爬向林嘉翔的方向，林嘉翔睥睨地看一眼，未置可否。

敵眾我寡，沒有任何武器，手機也沒有任何訊號可以求救，我焦急地看向表姊。

她緊咬嘴唇，眉間藏不住的憂心。

7. 鬥法

阿贊坤以怪異腔調的中文說：「是該回到我們的身邊了。」從懷裡拿出一個寫滿符咒的布包，裡頭包著黑不溜丟的嬰屍，他對著嬰屍唸起咒語，一個紅色的身影逐漸在我們眼前凝結成形，化成約五歲的小孩，表情陰狠，以貓拱背的姿勢瞪著我們。

表姊深吸一口氣，穩定情緒後也唸起咒語回應，並結起了降魔印。

小鬼以爬行姿態向我們靠近，表姊的咒語和手印也隨之變化，見威嚇不了小鬼，她把心一橫，拿起腰間刀柄刻有術士之神魯士爺的滅魔刀，緩緩拔開刀鞘，濃厚的肅殺氣息飄盪在空氣裡。

匡噹一聲，刀鞘落地，那把滅魔刀並不長，全長不到二十公分，扣掉刀柄，刀身也才十公分，但離開刀鞘後，銀色的劍氣卻長達一公尺之長，耀眼刺目的光芒劃開了黑暗。

表姊將滅魔刀擋在胸前，持刀的右手前，左手結著手印在後，大喝：「滅魔刀現身，小鬼速速退下。」

那是我第一次看到那把滅魔刀出鞘。表姊說過滅魔刀初始並不是為殘害靈體而製作，且佛祖有慈悲心，非緊要關頭不可使用，因為被劃傷的靈體是無法復原的。

小鬼一愣，似有懼怕之意，然阿贊坤邊唸咒語，邊拿起小刀劃開手指，以血餵養小鬼，加強控靈的力道。隨即小鬼眼神發紅，衝向表姊。

表姊對著小鬼橫劈而去，小鬼輕盈地躲過，轉而跳上她的大腿，狠狠咬下，她強忍著疼痛，快速轉動手腕，對著小鬼背後一劃，銀色的光芒穿透小鬼紅色的身影，傳來淒厲叫聲，小鬼化作裊裊煙塵。

儘管大腿還流著血，表姊雙手合十，默默唸起咒來。

「不錯，看來低階的靈體奈何不了你，別浪費時間超渡了，快讓緹瑾現身吧！」阿贊坤說完，盤腿而坐，又唸起咒語，語調更為激昂，高掛在上方的兩個麻布袋開始發出尖銳的笑聲，並劇烈地搖擺著，懸掛的綁繩不堪負重的斷裂，麻布袋落在地面上。

麻布袋蠕動著，像有東西極欲掙脫，最後麻布袋各爬出了兩具女屍，全七孔流血，皮膚腐爛，祂們以倒立姿態行走，手撐著地，兩隻腳立在半空中晃了晃。

一次來了四隻，表姊臉色陡然一變，她將滅魔刀交付在我手上，「看來沒辦法了，阿哲，如果我被緹瑾反噬，就麻煩你了。」

「表姊這……」

「會有這一天是預料中的事。祂時時刻刻都在誘惑我，但每召喚祂一次，依賴祂一次，祂就越有機會佔據我的身體，不過這次沒辦法了，如果我回不來……」她的手包覆著我的手，做出橫劈的動作。

「我沒辦法，我沒辦法。」儘管我知道這或許是我們逃離險境唯一的機會，但怎麼都不可能下得了手。

表姊閉上眼，一股陰鬱之氣自眉心竄出，頸部、臉部的血管逐漸突出，泛著青光，表情糾結痛苦，慢慢轉變為緹瑾憤恨的面容，祂齜牙裂嘴，兩隻手指關節捏得嘎嘎作響。

阿贊坤大喝一聲，四個女大靈衝向表姊，不，正確地說是衝向緹瑾。祂高舉兩隻手迎戰，動作迅速，先衝上來的第一隻女大靈連喊都來不及喊就被緹瑾撕裂，隨後第二隻發出怪異的叫聲，來不及閃躲，就被緹瑾一腳狠狠踩爆祂的頭，第三隻從背後襲擊祂，然而祂不僅毫髮無傷，笑得更猖狂，一口向女大靈咬去，兇殘地氣勢讓第四隻女大靈怯步。

祂滿臉鮮血，眼中狂熱的殺意著實讓我驚呆了，表姊已經澈底地妖魔化。

阿贊坤接連派出的女大靈都被摧毀了，他不怒反而大喜，拍著手笑說：「太好了，果然比我想的還強大，全不費這兩百年。」

緹瑾狠狠地向阿贊坤撲去，氣勢如虹，就當兩人距離僅兩公尺時，阿贊坤持起咒語，喀喀喀骨骼扭轉的聲音響起，緹瑾居然痛苦的捲縮在地上，肌膚泛出金色的咒語。

緹瑾發出嘶哄的叫聲，疼得打滾，毫無反抗之力。「怎麼會……怎麼你控制得了祂……」連表姊到泰國都沒辦法習得控制緹瑾的咒術，為什麼阿贊坤會知道？

見祂越痛苦，阿贊坤越是滿意，「套句你們的話『天時地利人和』，若不是祂恰巧附身在她身上，這咒語就毫無用處。」

「咒語？」

他不懷好意對著我笑，「看在你之後也為我所用的份上，直接告訴你也無妨。我們尊拉婆羅家族自古修行泰國、緬甸、老撾、柬埔寨等黑魔法，深受皇親貴族信賴，世襲的咒術是操控遊走陰陽兩界的強大靈體——活死靈。我們男孩自小學控靈、煉靈，女孩成人後則入靈，但要煉活死靈不是那麼簡單，必須在特定的時間內施術，且此咒術毒辣，易導致靈體灰飛煙滅，靈體要捱過方可成功，唉，可近數十年來尊拉婆羅的女孩全軍覆沒，無一生還，而作為先祖的緹瑾附身在珍妮佛身上，恰巧就是最成功的活死靈。」

「女入靈？」

阿贊坤得意笑說：「有什麼好懷疑，坤平將軍不也如此，血緣關係強大了控靈的威力。兩百年緹瑾不遵從祖訓，在祭典前逃到中國，等先祖們找到時祂已經死了，錯過最好煉靈的時刻，沒想到兩百年後，機緣巧合附身在珍妮佛身上，生死交錯，是最完美的活死靈。」說完他拿起祭壇上的筆，沾上金色的墨，對著緹瑾額心劃上符號，似是咒語。

我衝上前去推開了他，「你少碰祂！」我努力擦拭緹瑾額間的符號，即便擦到泛紅仍擦不去，連皮膚上金色的咒語也逐漸變色。

阿贊坤不慍不火，「你好好懷舊吧，等全變成紅色，活死靈就煉成了。你們感情這麼好，到時幫你安個護法的位置！」他哈哈大笑後走向走廊後方。

密室前後的出入口皆鎖死，只剩我和緹瑾，見祂表情猙獰，指甲捲曲摩擦著地面，痛苦地打滾，肌膚上的咒語由金慢慢成血色。

我喚著表姊的名字，全然無用。

8. 盡頭

當她睜開眼時，北歐風的書桌、粉藍色格紋的被單，連窗外的打鐘聲響都是那樣地熟悉。陽光刺目逼得她睜不開眼，她下床拉上了窗簾，側頭靠在牆壁上，似乎有一件重要的事急需完成，卻怎樣都想不起來。

手機鈴聲打斷了思緒，是她最喜愛的羅西尼〈塞維里亞理髮師序曲〉，她循聲在枕頭下找到手機。

對方以氣音說著：「妮方，你在哪？老劉要點名了，你趕快過來。」

「老劉？」

「唉唷，你不會忘記今天有計算機程式設計吧！快過來，老劉會當人的。」

匆忙地掛上電話，趕赴校園，偷偷地從後方入口潛入講堂，渾渾噩噩聽完課。待同學一一走出講堂後，她卻望著滿滿的筆記本發愣著，說不清是遺漏了什麼，心裡少了一拍。

教室外頎長的身影吸引她的目光，那人笑得燦爛，散發著自信的神采，對她比出了招呼的手勢，下一秒她便熱淚盈眶了。

見她落淚，對方趕忙拿面紙拭去她的淚水，「妮方你幹嘛哭？嚇死我了，怎麼了嗎？」

她搖搖頭，「不知道，就只是有些心酸。」

「有什麼不快樂說給我聽，我們一起想辦法。好了，今天不是跟你表弟約好吃午餐，我們一起走過去。」

她點點頭，兩人出了校園，走進公館的咖啡館，呆頭呆腦的表弟已經在那等她。

「姊，這先給你，免得我待會忘記。」表弟從背包裡拿出紅白條紋的塑膠袋，「舅媽叫我順便拿來的，省一筆運費。她說，你再不回家，就要通緝你了。」

「唉唷，期末考快到了，等過了期末考我就回家，我也……很想她……」

「哈哈，姊，你怎麼回事？突然戀家了？你以前可是會嫌煩的。」

「我們妮方長大了。」許威啟輕撫她的頭。

沒由來的一陣鼻酸，讓她有想哭的衝動，「我去洗手間，你們先聊，」離桌時還不忘對著表弟說：「不准說我壞話，回頭我宰了你。」表弟對她比著鬼臉。

進了洗手間，她扭開水龍頭，以清水輕拍臉部好提神。

漱洗一半時水龍頭發出噗噗噗的怪聲，且水量時大時小，她轉動著水龍頭，心裡納悶，是故障嗎？然而水龍頭先是沒水，後來嘩啦一聲，大量的水噴濺而出，她趕忙扭緊水龍頭，卻怎樣也關不緊。

拿著抹布想堵住水龍頭，奈何水量驚人，從洗手台漫淹至地板上，她焦急喊著：「有人在嗎？水龍頭故障了！」

她越是喊叫，水龍頭的水越是回以排山倒海的水量，她驚慌失措地向後一躲，恰巧瞥見鏡面中的女人。

那女人穿著泰國服飾，滿身金銀珠寶似是尊貴，滿臉煞氣，以泰語對她喊叫。說也奇怪，她並未學習過泰語，但她清楚懂得對方正對著她大罵，意思是「醒醒吧，我可不當傀儡。」

水花四濺，加上鏡中憤怒的女人，嚇得她逃出洗手間，連忙對著服務生大喊著：「水龍頭壞了，水淹得到處都是。」服務生納悶地看著她，她才發現，原本一身濕透的衣服乾爽整齊，回頭看洗手間，也只是水龍頭沒關而已。

「妮方你還好嗎？今天怎麼怪怪的？臉色這麼差。」

「我剛在洗手間看到一個女人……」她皺起眉頭，試著合理化適才的情況。

表弟噗哧大笑，「怎麼可能，你這個大麻瓜，你要是會撞鬼，我就是乩身了。」

她白了他一眼，「說不定你哪天真的變乩身。」

「你今天這樣我不放心，不然你和阿哲一起來我家。」

她下意識脫口而出：「你家不是被燒掉？」

許威啟愣住了，表弟則笑到拍桌：「姊，你什麼時候這麼會開玩笑？」

「呃……我不這意思，也不知道怎麼地……」

「沒關係，我知道你不是故意。」許威啟一笑置之。

三人來到內湖的許宅，走在最後方，看著男友和表弟稱兄道弟，她忽然有種說不出的怪異感，問道：「奇怪，你們兩個人什麼時候感情這麼好？」

表弟回看她一眼，「我跟威啟一見如故，你不也希望如此？」

她點頭，又隨即搖頭，抬頭望著許宅，蔚藍晴空似畫布，更有種不真實感。

傍晚三人在家庭劇院裡看著電影打發時間，直至夜漸深，表弟先坐車回去，她則留在許宅。

準備入睡時，許威啟問道：「妮方你今天是怎麼了？」

她打了個哈欠說：「一切都很美好，但總有些怪誕的既視感。」

許威啟親拍著她的背，似是哄她入睡，「妮方，你大概是最近快期末考壓力太大了，等考完後我載你回家，別想太多，這個世界本來就很美好。」

她嗯了一聲，漸漸入睡。

阿方……阿方……

夜裡，她似乎聽見母親的叫喚聲，她睜開眼聲音便消失了，於是她再度闔上眼睛，可每當快入眠之際，母親的呼喚聲越發清晰，越發急促。

阿方……阿方……快醒醒。

很明確是母親的聲音。她輕手輕腳下了床，走出房門，順著聲音走到走廊盡頭，叫喚聲正發自這面牆後方，她靠在牆壁上仔細地辨識呼喊聲。

阿方……阿方……快醒醒。

「妮方，你在做什麼呢？」冷不防許威啟從背後出現。

「威啟，你說，這裡是不是曾經有個樓梯，可以通往三樓？」

「你在說什麼傻話，我家至頭至尾都只有兩樓，阿方就是太想媽媽了，才會出現幻聽，我明天載你回老家看媽媽。」

她搖了搖頭，轉頭正色說：「我並沒有告訴你我聽到媽媽的聲音。」

許威啟臉色大變，「你……你剛有說的，你忘了。」

她閉上了眼，當她再度睜眼時眼神無比清澈，二樓原本的牆壁逐漸模糊，浮現通往三樓的樓梯。

「留在這裡不好嗎？這不是你想要的嗎？」許威啟追問。

「可惜是假的。」

「假的又怎樣，在這裡我們能快樂在一起，一切都跟以前一樣，外面的世界亂糟糟，你孤老終身，一輩子還業債。」

她向前伸出手，阻隔的牆壁似煙霧般散去，通向三樓的樓梯赫然在眼前，她踏上第一階。

許威啟上前抓住她的手，柔聲說：「妮方，回來，這裡才是我們真正該擁有的人生！」

她凝視著他，眼神漠然，「你不是他，許威啟早死了。」

許威啟露出凶殘的表情，皮膚漸剝落，眼睛發著青光，他露出獠牙說：「曾妮方，回去你也活不了。」

她迅速結出了手印，唸著心咒，一道黃色的光芒將許威啟彈開。

「不許你用他的臉說這種話，還有，我是珍妮佛。」頭也不回地奔向三樓。

9. 坤平將軍

宛若溺水者的呼出的第一口氣，表姊陡然坐起大口喘氣。

「姊！姊！你回來了！太好了。」正當她全身咒語快變成血色的時候，忽然全都消失，連面容都恢復了。「你還好嗎？」我問。

「是媽媽，是媽媽救回了我。」表姊忍著淚水問：「我不在的時候發生什麼事？」

我嘆口氣，「那瘋巫師說緹瑾是他家祖先，自古就有男學控靈，女入靈這種變態行為，等你身上的咒術變成紅色就會成為活死靈。」

「活死靈？」

我將表姊扶起，「對，兩百年前緹瑾為了逃離成為活死靈的命運，才跑到中國，遇見許三。還舉什麼坤平將軍的例子，這跟坤平將軍有什麼關係？」

表姊幽幽地說，「坤平將軍是古曼童之父，第一個製作出古曼童的人，而他的古曼童來源是他自己的小孩。」

「什麼！自己的小孩。」

「相傳坤平的小妾偷偷在飯菜下毒要殺害坤平，事跡敗露後，坤平一怒之下殺了小妾，當時小妾已身懷六甲，於是坤平剖腹取出死嬰，製成乾屍並控靈，從此戰場上攻無不克。阿贊坤所屬的尊拉婆羅氏也是用同方法，只是它們煉的是女大靈。」

「這也太殘忍了吧，而且為什麼是女大靈，這門心法難道只能由男巫師操控嗎？」

表姊側頭笑了笑，「你真是問了個好問題，看來還是有請緹瑾幫忙，放手一搏。阿哲，待時辰一到，阿贊坤必然會再回來，能不能出去就看這次。」

當時我並不懂表姊的意思，好端端地擺脫緹瑾，卻又說要請緹瑾幫忙，不過被鎖在這不見天日的荒山野嶺，也只能先依表姊的方法，照著表姊指示備好法器，嚴正以待。

表姊沉住氣，盤腿打坐，眼觀鼻，鼻觀心，周遭的聲音都慢了下來，她喃喃絮語，像是在對話。

當阿贊坤再次從房門口走了進來，看見表姊恢復正常人的樣貌先是大吃一驚，隨後一笑，「真是能撐，好，看你能撐到什麼時候。」接著他也跟著原地打坐，並搖起金剛鈴。

同一時間，表姊也拿起前方金剛鈴唸起咒語來，沉穩的架勢更勝以往，細聽兩人的咒語是一致的，阿贊坤驚恐地望著表姊，「你怎麼？」話還沒說完，一道身影緩緩自後方靠近阿贊坤，是Alex Chen。

我不敢發出聲音，深怕影響表姊，但Alex Chen就這樣附身在阿贊坤身上，阿贊坤原本充滿戾氣的臉出現Alex Chen哀傷的神情。

表姊接著大喝，阿贊坤吐出了一口鮮血，金色的咒語彷彿長出了生命，似藤蔓緩緩地從阿贊坤的指間、臂膀、軀幹、臉蔓延，皮膚上呈現宛若雕刻般的刻紋，痛楚可想而知，阿贊坤不停地扭動著身軀，絕望地看向表姊。

原來尊拉婆羅氏的咒語不僅限用在控制女大靈，男大靈也行，在阿贊坤最無防備的時候，Alex Chen上了他的身，儘管兩人同時唸咒，表姊更勝一籌。

表姊從容起身，直接走向長廊後方，阿贊坤以僅剩的意志抓住她的腳踝，「先祖，救我，救我……」

表姊一腳踢開，出現熟悉的冷笑，「好好感受那些被你操控的靈體們的痛苦吧。我給你的命令是，不得反抗。」

阿贊坤無力倒向一旁，雙眼透露著絕望。

長廊的門自動開啟了，一陣黑煙漫入，有男大靈、女大靈、古曼和動物靈，冤氣重重，數量之多令人咋舌，祂們全奔向地上的阿贊坤，而阿贊坤的主人，控靈成功的珍妮佛，澈底地放棄他。

「走吧，結束了。」表姊說。

我跟隨著她的步伐邁出密室，掩住耳朵，遮蔽身後尖利的嚎叫聲。

我和表姊沿著山間小路緩緩走下山，直至手機恢復訊號後請師兄協助接送。在車上我忍不住問了表姊，「你怎會知道尊拉婆羅氏的控靈咒呢？還有Alex Chen怎麼……」

她打了一個哈欠，「尊拉婆羅氏一向男控靈，女入靈，所以並不特別教女孩巫術，然而緹瑾悟性極高，自小也跟著一起學法，她發現某些巫術父親只教兄長，自尊心極強的她偷偷背了起來，只是她沒想到，或這百年來的尊拉婆羅氏族都沒想到，也沒試過，除可以控女大靈，也可以控男大靈。兩百年前緹瑾就逃開，兩百年後祂又怎心甘情願為人差使？難得我跟祂有志一同，祂便將咒術傳予我，而這尊拉婆羅氏控靈的法門，也終結在我手上了。至於你說的那男大靈，叫Alex Chen？祂從一開始就跟在你身後，只是你看不見祂罷了！祂願意助我們脫離險境，唯有一要求……」

還來不及問什麼，手機鈴聲響起，是林嘉翔。

我接起電話本要飆髒話，卻先被他的哀嚎聲嚇到。

「走開！快走開！別靠過來！啊——求珍妮佛救我——」我看了表姊一眼，她擺擺手，我豁然開朗，當初林嘉翔受阿贊坤庇佑，Alex Chen無法近身，現在阿贊坤倒台，自然是Alex Chen報仇的時候。

雖說一切都是冤有頭債有主，那哀嚎聲還是讓我於心不忍，我問表姊：「為什麼不超度Alex Chen，讓祂安心走呢？」

她語意深長說：「因為跟他在一起，是祂永世的心願。」

後記／一段療傷之旅開啓的佛牌田野調查

自小伴我成長的不是《小甜甜》、《喬琪姑娘》等歡快勵志的卡通，而是《聊齋誌異》、伊藤潤二的《富江》、《孫叔叔說鬼故事》和台視的《鬼話連篇》。成年後，即便膽小，只敢躲在指縫中觀看鬼片，仍未消滅對靈異題材的愛好。我追求的並非驚恐帶來的刺激感，於我而言，靈異故事之所以迷人，不在於噁心駭人的橋段，而是四度空間可以超脫現實禁錮，創造多種可能性，更易於暴露人性黑暗面；等同一面照妖鏡，也賦予現實中那些未訴的冤屈、未竟的慾望一個表達的窗口，既富娛樂性，也帶有警世的況味。

然而《表姊的佛牌店》並不是警世寓言，雖然情節不乏對人性、宗教信仰的叩問，但我主要想描寫人在癲狂時接近病態的執念，初時的發想來自一趟療心之旅。

二〇一八年的某個午後，因情傷，友人攜我至新北某間佛堂參拜，進而一窺泰國佛教堂奧。彼時南澳海灘發生連日落海事件，又恰巧內埤海灘飄來一尊泰國「鬼師父」皮啵（Piibok）法相，紅眼獠牙，相貌駭人，報章雜誌繪聲繪影稱之為邪神，一時令泰國佛教、佛牌添增詭譎色彩，不少人望而生畏，勸我遠離南傳佛教，可我置身於肅穆佛堂裡，圍繞在佛像、佛牌、符布之中，卻沒有感到絲毫陰森氣息，反在燭火熒熒，花香裊裊中沉定心神，並在聽聞其他信徒問事過程中，漸漸以他者的角度照看自身的執念，豁然開朗，將復合的願改為放下。一個季節過了，情傷竟不藥而癒。

因此《表姊的佛牌店》雖以佛牌為發想，涉及許多南傳佛教聖物和神佛，但並非意圖汙衊或否定佛牌或任何宗教信仰，畢竟不可諱言地，宗教是人處於混沌狀態中的重要心靈慰藉，出發點多為淨化人心、勸人向善，鼓勵捐棺佈施，至於較為偏頗的教義，往往是後人有意曲解導致，此現象不僅限於南傳佛教，在各個宗教斂財案中都能窺見軌跡。

雖然我只短暫參拜幾個月，但其間所見奇聞軼事卻彷彿像場電影，不時地在我腦海上映，最令我震撼的是人的執念之深超乎想像：比如有人為求財，刷卡債數十萬購買佛牌，卻不願費心學習理財投資；有人為挽回頻頻出軌的情人，竟發願折壽十年；更有人作惡後為避災，在佛像前三跪九叩焚香捐棺，卻不願誠心悔過；有人祈願想跟佛談交易，將佈施作為成願籌碼。除詫異外，也不禁令我探問，佛會保佑這些人嗎？又或者是，值得嗎？

另一方面，網路論壇爬文居然發現不少年輕學子供養古曼童、女大靈，此現象著實令我訝異，是怎樣一個社會氛圍和環境，讓豐衣足食，理論上煩憂較少的一代，年紀輕輕就勤於求神拜佛？

話說佛牌是泰國佛教特有的文化之一，最初高僧以香灰、泥土、經粉、花粉、寺廟屋瓦督造，歷經誦經祈福、開光加持後予信眾請供，提醒善信時時修行佛法，保持善念。爾後因泰國地勢的關係，融入婆羅門教、萬物有靈信仰文化，並因戰爭頻繁，社會不安定，人更需要依恃外物以定心，佛牌逐漸被賦予聖物、請願功能，再加上近幾年明星推波助瀾下，兩岸三地充斥不少佛牌店，也在眾網路商城間風風火火地流通起來。

雖曾聽聞不少靈驗故事，但我始終秉持中立態度視之，猶記漫畫《鋼之鍊金術師》中著名的等價交換原則，「人不付出犧牲，就不會得到任何回報，想得到一樣東西，就必須付出同等的代價。」等價交換儘管不是絕對真理，但凡「發有求必應的願，也要帶有求必還的心」，可每見信徒還願喜孜孜的表情，又會讓我起疑，那些鮮花素果，神佛又吃不到，幾百塊的供品卻要求數十萬的營業額，這些困惑，益發引起我的奇思異想，最終完成《表姊的佛牌店》。

《金剛經》有言「凡所有相，皆是虛妄」，人能放下執念，就能滋長智慧，然而，這是一條道阻且長的修行路。

釀小說127　PG2821

表姊的佛牌店

作　　者　瑪　西
責任編輯　孟人玉
圖文排版　黃莉珊
封面設計　陳香穎

出版策劃　釀出版
製作發行　秀威資訊科技股份有限公司
114 台北市內湖區瑞光路76巷65號1樓
電話：+886-2-2796-3638　傳真：+886-2-2796-1377
服務信箱：service@showwe.com.tw
http://www.showwe.com.tw
郵政劃撥　19563868　戶名：秀威資訊科技股份有限公司
展售門市　國家書店【松江門市】
104 台北市中山區松江路209號1樓
電話：+886-2-2518-0207　傳真：+886-2-2518-0778
網路訂購　秀威網路書店：http://store.showwe.tw
國家網路書店：http://www.govbooks.com.tw
法律顧問　毛國樑　律師
總 經 銷　聯合發行股份有限公司
231新北市新店區寶橋路235巷6弄6號4F
電話：+886-2-2917-8022　傳真：+886-2-2915-6275

出版日期　2022年9月　BOD一版
定　　價　360元

版權所有・翻印必究（本書如有缺頁、破損或裝訂錯誤，請寄回更換）
Copyright © 2022 by Showwe Information Co., Ltd.
All Rights Reserved

Printed in Taiwan

國家圖書館出版品預行編目

表姊的佛牌店 / 瑪西著. -- 一版. -- 臺北市：
釀出版, 2022.09
面；　公分. -- (釀小說；127)
BOD版
ISBN 978-986-445-720-5 (平裝)

863.57　　111012998